Un goût de sel

PIOTR BEDNARSKI

Un goût de sel

Traduit du polonais par Jacques Burko

Éditions Autrement **Littératures**

Grand-mère

Grand-mère entra dans la cuisine plus tard que d'habitude ; soucieuse, l'inquiétude dans le regard. Un cauchemar venait souvent la hanter, toujours le même. Elle s'enfuyait du goulag ; cela lui était bel et bien arrivé. Je connaissais ce rêve par cœur. Elle se fraie un chemin au travers des fourrés de la taïga, vers le fleuve, et elle entend les poursuivants, de plus en plus proches, les aboiements des chiens, le vacarme des coups de feu... Elle tente de courir plus vite, mais elle est incapable de bouger. Elle regarde par-dessus son épaule et aperçoit la petite braise rouge, la balle qui est sur le point de fracasser son crâne. Elle pousse un hurlement d'effroi et se réveille, trempée de sueurs froides. Je connaissais aussi le diagnostic du psychiatre, celui de l'ergothérapeute, de l'homéopathe, de la chiromancienne – les explications et les commentaires et les commentaires des commentaires. Et donc, je ne posai aucune question.

Je regardais la fenêtre en essayant de ne penser à rien ou bien de m'arrêter dans les intervalles des pensées. De ces fissures sourdaient souvent les réponses aux questions qui me travaillaient, et même à celles que je n'avais pas encore su me poser.

Le grand-père Teo avait quantité de fissures de cette nature, leur accès était facile. Il me racontait souvent comment lui venaient les idées de nouvelles sculptures. Il savait pénétrer chaque nouvelle inquiétude, l'éveiller et la fixer dans le bois ou dans la pierre. Il est arrivé que, en plein labour, il dételât le cheval de sa charrue ou d'une autre machine pour chevaucher à toute allure vers la maison. Il entrait dans son appentis et durant une heure ou deux il fixait ce que le bon Dieu venait de lui transmettre par cette fissure. Il sortait ensuite en cachette de son cagibi pour sauter sur le cheval et retourner au travail grâce auquel il gagnait son pain noir et de quoi l'agrémenter.

Une maladie rongeait grand-père. Teo tombait dans son ornière une fois par an. Justement son temps était venu, nous l'avions emmené à l'hôpital. Grand-mère lui rendait visite les samedis et les dimanches, moi j'y allais chaque jour.

Une fois, après le déjeuner, il me confia que pendant ses périodes de maladie il voyait chaque homme dans toute sa beauté, en totalité, jusqu'à la moelle des os. Et il voyait aussi les pensées. « Ce n'est pas une vue réconfortante. Aucune bête n'est aussi astucieuse, cruelle et inhumaine que l'homme. À voir l'âme humaine, on est pris de peur. Dans le décompte final, l'homme ne pèsera rien. »

– Tu recevras une lettre aujourd'hui, dit la grand-mère, avec dans la voix de la tristesse, une note funèbre, une intonation de nénies.

Cela me fit de la peine d'entendre parler de ce qui était mon rêve très cher dans cette tonalité-là.

– N'oublie jamais, continua-t-elle sur le même ton, que tu viens de la campagne. On apprend la ville rapidement, mais la campagne – jamais ; il faut y naître, il faut sentir dès le berceau le parfum de la terre, de la rosée, entendre chanter les merles et craqueter les cigognes.

– Mais je ne pars pas en ville, je vais travailler sur la mer, pour comprendre ce qu'elle est et comment elle se comporte avec l'homme. Et comment vivent les gens de l'autre côté de la mer. Tu connais bien tout ce qui est en moi.

– Tout le monde dit depuis toujours que la mer est habitée par les Ténèbres. Ici tout est calme, alors que là-dedans tout bouge, comme dans un moulin.

– Pourtant, on ne peut fuir sa vocation. C'est mon destin. Ici je manque d'espace ; où que je regarde, c'est plein de gens, et tous pensent la même chose. Je serais devenu fou s'il n'y avait pas le grand-père et puis toi. Je suis peut-être possédé… Mais je n'ai jamais été attiré par le mal, tu le sais bien. Il te faut me comprendre, je ne peux pas faire autrement.

– Oui, je comprends. Tu es né dans nos Marches de l'Est[1], la steppe sauvage t'attire, et toute ta vie sera une errance. Tu reviendras à la maison juste un jour ou deux, et puis comme si tu avais le feu aux fesses, tu vas encore disparaître sur tes eaux, maudites de Dieu. Je le vois comme si on y était déjà. Tu es un impatient et un chercheux, et plein de feu. « Si quelqu'un a pu écrire un chef-d'œuvre, je le peux moi aussi, je suis tissé d'une matière divine. » C'est le grand-père qui t'a mis tout ça dans la tête, vous vous ressemblez comme deux gouttes d'eau. Pardonne si je radote, mais je vais rester seule. Il y a de plus en plus de gens dont l'âme est malade. Le mal est dans ce monde, il sort ses griffes sans vergogne, et depuis les années quarante il ne se cache plus, il ne se tapit plus dans les forêts profondes ou dans des caves. Non, à présent il habite les palais. C'est effrayant. Et moi, fiston, je ne suis plus toute jeune. La vieillesse fait peur mon garçon, cet exil, un peu différent de ce que nous avons connu jadis, mais aussi menaçant. Sans cesse plus de moisissure, de poussière, de toiles d'araignée et de souris. Alors, écris souvent, téléphone, envoie des télégrammes. Souviens-toi, je t'avais trouvé abandonné, quand on avait tué ta mère. Teo aussi m'avait trouvée abandonnée. Les jeunes femmes font beaucoup de mal à voler les maris des femmes âgées. Mais les femmes sont ainsi, elles ont apporté le mal dans ce monde et il leur faut désormais traîner ce fardeau sur leurs épaules. Sois bon pour moi. Et souviens-toi, le mal existe, visible ou invisible, il nous talonne. Il nous guette.

1. Les Marches de l'Est, ou les Confins, étaient la partie orientale de la Pologne, qui a été attribuée à l'Ukraine et à la Biélorussie en 1945 (toutes les notes sont du traducteur).

– Oui, je me souviens de tout. Quand nous sommes revenus de l'exil, on se moquait de mon accent chantant, on me bousculait. Jusqu'à la fin des études j'étais pour tout le monde un bolchevik, et jusqu'à ce jour on me surnomme le Moscovite, comme si les Marches n'étaient pas en Pologne.

– Nos Marches, elles n'existent plus. On nous enterrera dans une terre étrangère. On nous a dispersés par le monde comme l'ivraie au milieu des blés. Tu es mal ici – comme moi d'ailleurs –, alors il te faut partir, sinon ta vie serait gâchée. Or, la vie est brève ; alors fais attention à ce que tu fabriques. Tu es né pour mourir, mais entre les deux il te faut changer en toi des choses, t'améliorer, et en même temps améliorer le monde – tu es né pour ça. Nous ne naissons pas pour la mort seulement, mais contre elle et pour la contrarier, pour s'amender, pour ne pas mourir tout entier. Traite chaque jour comme le premier jour, et essaie de ne jamais te sentir vieux.

– Je ne suis pas un saint. Je dois me souvenir. Et tout d'abord, devenir moi-même, ne serait-ce que parce qu'on m'appelle « le bolchevik ». Il me faut chercher ce qui n'est pas encore, mais qui devrait être. Et je veux aussi que la vie apprenne quelque chose de moi. Qu'elle m'enseigne mais que je l'enseigne aussi. Je sais que je suis né exceptionnel, il n'y a jamais encore eu quelqu'un comme moi, car sinon le monde n'aurait pas besoin de moi. Et j'ai donc des devoirs.

Grand-mère a souri, ses rides ont formé une harmonie indescriptible, toute l'histoire du monde y était peut-être inscrite. Et à coup sûr, tous les exils, depuis l'Éden jusqu'à la Sibérie.

– Quoi que tu fasses, brise le temps, pour qu'il s'écoule plus lentement, tu auras ainsi plus d'espace pour tes ailes.

J'ai mangé l'omelette qu'elle m'avait servie, j'ai dit merci et je suis parti vers les marais regarder les perce-neige en fleur et les hépatiques, les oies sauvages et l'arrivée des vols de grues.

Puis, en quittant les marais, j'ai pris le car jusqu'à l'hôpital, voir le grand-père. Je ne suis rentré que tard dans l'après-midi.

Une lettre était sur la table. Je l'ai ouverte. Oui, j'étais admis. J'ai posé ma tête sur la table et je l'ai couverte de mes mains. L'instant d'après, j'ai entendu le bruit de la mer. De ses profondeurs et de ses démences m'est parvenu le commandement de me créer moi, et de créer aussi un chef-d'œuvre.

Le prétendu grand-père Teo

En regardant le grand-père Teo on avait l'impression qu'un personnage de Michel-Ange avait quitté, par un moyen connu de lui seul, la fresque de la chapelle Sixtine pour partir dans le monde. À moi, il m'avait dit qu'il avait été le fruit de sa propre imagination, celle qui contient tout – à condition de la comprendre, d'avoir le don de se retrouver dans ses labyrinthes et dans ses passages périlleux.

Il était large d'épaules et dominait d'une tête les plus grands. Chacun de ses muscles était idéalement sculpté ; son corps était sans cesse en mouvement, tournoyait, volait ; il était en même temps là et ailleurs. Cette vue fascinait et inquiétait à la fois. Teo apparaissait et s'évanouissait, toujours le même et chaque fois différent, plus vaste, plus profond, insaisissable. À le voir on avait une preuve que malgré tout la terre tourne, et sans savoir pourquoi on se mettait à croire à l'immortalité. Sans entendre le grincement des moulins de Dieu, mais juste le tendre murmure du chaud quotidien.

Personne ne pouvait imaginer que Teo avait pris part aux deux guerres mondiales, participant à des centaines de batailles et de retraites. Il n'y avait dans les parages personne de son ancienne unité et par conséquent on en plaisantait, on ne pouvait croire que cette statue de chair avait pu se sauvegarder malgré la grêle de balles, d'obus et de mitraille. Cela était contraire à ce qu'ils avaient tous vu et vécu, cela contredisait les lois de la guerre. Cela dérangeait, comme parfois nous empêche de dormir le buisson ardent apparu en son temps à Moïse. Et finalement, quelqu'un se décida à aller se renseigner dans l'unité où Teo avait servi. Tout ce qu'il avait dit se révéla juste ; et cependant cette vérité ne pouvait plus rien changer. Ce qui avait été plastique, malléable, s'était rigidifié, était devenu de la chaux pour la multiplication des tombes.

Teo en riait sous cape ; il savait, lui, pourquoi un chameau ne saurait passer par le chas d'une aiguille alors que lui n'avait aucun mal à s'y faufiler.

Il avait bien plus de quatre-vingts ans et des poils comme des mauvaises herbes jaillissaient de ses narines et de ses oreilles. Dans ses sourcils surgissaient de vigoureux scions, durs et épais, qui poussaient à vue d'œil, comme des bambous. Deux verrues, l'une sur la joue gauche et l'autre sur le front, faisaient penser à des bouquets de joncs. Et Teo aurait ressemblé à un homme de Néandertal si grand-mère Catherine n'en avait pas pris soin. Chaque mercredi elle saisissait une paire de ciseaux et des pincettes et asseyait le grand-père sur une chaise, en été devant la maison et en hiver sous le grand abat-jour. Puis elle nettoyait de tous ces atavismes son visage et d'autres régions. Cela se faisait lentement et avec soin, au rythme de l'évolution naturelle.

D'abord, il craignit ces séances et il programmait des voyages en ville, des expéditions dans les profondeurs de la forêt d'où il rapportait des racines aussi abstraites que les sculptures des artistes contemporains. Mais ses échappatoires n'avaient guère de succès ; ce qui n'avait pu avoir lieu le mercredi se passait le jeudi et la rébellion peu à peu se mua en soumission avant de devenir source d'une excitation puérile. En s'asseyant sur la chaise, il voyait déjà la scène où l'esprit de l'homme combat la nature barbare. Grand-mère était « l'esprit planant au-dessus des eaux », elle retraçait les chemins, elle arrachait la forme humaine aux sombres profondeurs démoniaques qui voulaient faire ressembler son corps à un marécage forestier, voire l'y faire sombrer.

Or non, il ne voulait pas ressembler à un monstre, à une vision des marécages ou à quelque autre méchant caprice dont la nature accable la vieillesse, raillant ainsi le genre humain. Grand-mère lui rappelait cette vérité avant chaque séance d'esthétique, et il devait à la fin de l'épreuve se regarder dans un miroir et répondre à la question muette de Catherine. Il hochait la tête avec approbation et souriait, ajoutant qu'il ressemblait désormais à Adam en son Éden. Grand-mère embrassait ses joues débroussaillées, son front et chacune de ses deux oreilles.

– Je t'ai arraché aux mains des ténèbres, homme étrange. Grâce à moi tu ne seras pas perdu.

Teo allait avec Dieu. Peut-être pas tout à fait avec, plutôt derrière, à un jet de pierre, pour pouvoir poser d'interminables questions. Cette curiosité lui valait de temps à autre un coup de colère divine ; il restait alors au lit, sans parler à quiconque. Et lorsque sa pénitence lui avait permis de recouvrer la santé, il révélait ce pour quoi il avait été frappé. De nouveau il ouvrait le soir la Bible et recommençait son pèlerinage personnel. Il caressait chaque lettre, l'apprivoisait, comme on fait d'un chien sans collier ou d'un enfant qui pleure. La lettre, le mot, la phrase. Strate après strate il descendait dans les profondeurs et atteignait ce que d'autres avaient déjà découvert. Cela le mettait en colère. Il voulait, il désirait, il suppliait d'avoir le privilège de parvenir à des cavernes que la pensée humaine n'avait encore jamais touchées, de voir le germe de vie s'inscrire dans le temps et dans la nature. Il était un être étrange et voulait comprendre si Dieu avait été à l'intérieur ou à l'extérieur de la Loi d'après laquelle Il avait créé tout ce qui nous entoure. Sans cesse il modifiait les phrases pour créer une nouvelle métaphore dans l'illusion qu'elle le mettrait sur la bonne voie. Il disait que « la Nature tuait chaque être, mais que peu nombreux étaient ceux qui avaient l'audace de lui couper la route et d'épier ses tours et ses formules magiques ».

Certains jours il ne se levait pas de table tout de suite comme il le faisait à l'accoutumée, mais au contraire, son dos se calait plus étroitement contre le dossier de la chaise et ses yeux mi-clos se mettaient à fixer le mur tapissé d'un papier peint velouté vert avec des dessins rectangulaires, comme s'il y découvrait quelque chose d'extraordinaire. Ses traits se figeaient en une expression qui pouvait exprimer aussi bien l'émerveillement que l'effroi. Le grand-père avait survécu à Auschwitz ; à tout moment donc – et pas seulement en rêve – quelque nœud de sa mémoire pouvait céder et faire surgir un temps démoniaque. Mais cela pouvait aussi bien être « quelque chose » qui enfin l'atteignait après la lecture biblique de la veille. Nous ne demandions jamais avec quoi il luttait quand il fixait ainsi le mur. Et lui non plus n'en disait pas un mot. Au bout d'un quart d'heure il se levait et allait dans son atelier-appentis, où lui seul avait le droit de pénétrer, qu'il fermait à l'aide d'une grosse clé moyenâgeuse, toujours cachée sous le paillasson.

Cette fois, lorsqu'il s'ébroua en sortant de ses pensées, il me regarda – ou plutôt il m'examina attentivement de ses yeux à présent bien ouverts. Je voyais ses iris d'ambre clair et le blanc de ses yeux, sans une touche de jaune et sans les ramifications des veinules. Il me regarda longtemps, avant de sourire et de hocher la tête.

Nous sortîmes ensemble. J'étais la première personne admise à entrer dans son refuge.

– Voici ce que je fais en ce moment, grogna-t-il, tendant sa main ouverte vers un bas-relief en chêne. Je ressuscite ta mère, poursuivit-il et ses yeux rétrécirent de nouveau. La terre a probablement depuis longtemps englouti sa tombe herbeuse. La terre est miséricordieuse, elle efface les traces des méchants et à la place des tombes elle fait pousser des pierres. Elle est ainsi, notre terre, elle est ainsi, la Nature. Je sculpte lentement, avec le ciseau et la gouge, avec la tête aussi. Je sculpte dans la matière que le Seigneur a créée pour se voir lui-même, pour être à la fois Dieu et nous. On n'est jamais Dieu pour soi-même. Il le sait bien. On doit créer quelque chose pour devenir Dieu. La patience paie toujours, et un jour je trouverai ta mère, je la serrerai sur mon cœur.

Il projeta ses mains en avant, les doigts de la main droite enserrant le poignet gauche, comme si la rencontre avait déjà eu lieu.

– Et alors, je l'introduirai dans cette icône et je lui dirai : « En vérité, abandonne ce bois et sois avec nous », et il en sera ainsi.

Le panneau était une icône en relief. La partie centrale de la planche était occupée par la figure de ma mère en position de Marie orante qui tenait, inscrite dans une mandorle, la lettre beth hébraïque.

– Pourquoi ce beth ? Dieu l'avait distingué, parce que c'est par lui que se déversent les bénédictions sur les cieux et sur la terre. Et c'est de lui que découla le commencement de ce qui a été, qui est et qui sera.

Les traits de ma mère, à qui on avait donné de son vivant le surnom de Beauté, évoquaient Raphaël et Modigliani. Et pourtant, il n'y avait là ni emprunt ni imitation, car je n'avais jamais vu d'albums de ces peintres dans notre maison. Toutefois, grand-père avait beaucoup erré de par le monde avec toutes ces guerres et il avait rencontré sur sa route bien des Mères courage. Grand-mère disait : « Grand-père est artiste de naissance et non de formation. »

Ma mère, Beauté, était vivante – pour moi du moins – et ses mains me tenaient enlacé, sa bouche m'embrassait. J'avais des larmes dans les yeux. Je pleurai longtemps.

Le champ, le cadre, était une vaste arabesque végétale où s'enchâssaient des scènes mythiques. Non pas de la vie de ma mère, mais de la vie du monde ; grand-père les avait choisies pour ses raisons propres. Hercule au berceau arrachait les têtes de l'hydre, Ulysse naviguait entre Charybde et Scylla, Jonas fuyait devant Dieu.

– Je suis là, dit Teo en touchant du doigt le prophète. Je fuis, tout en ayant conscience qu'on ne peut échapper à Dieu. J'avais la haine. Je souhaitais les glaces et les feux de l'enfer aux ennemis, à tous ceux qui détruisent le genre humain. Or, ce n'est pas mon affaire, et par conséquent je suis coupable. Cette icône est l'image de ma repentance. Je me leurre, je berce l'espoir que lorsque je l'aurai terminée le Seigneur me permettra de L'approcher un peu plus et comblera ma curiosité des Commencements.

Il sourit et ébouriffa mes cheveux.

– Et ici – il montra un emplacement vierge – il y aura le vaisseau des Argonautes, et tu es parmi eux. En bonne compagnie, n'est-ce pas ? On y trouve les meilleurs, des aigles. Et c'est justement d'actualité. Tu pars dans le vaste monde, fiston, pour aller du monde oriental vers le monde occidental, du royaume du mal vers le royaume d'un mal différent. Ne crains rien, mais fais attention à ceux qui ont des yeux de plomb. Ce sont des démons. Pars, vogue à la recherche de ta Toison d'or. Tu vas, toi aussi, lutter contre Dieu. C'est dans la nature de l'homme. Tu dois Lui reprocher tout, jusqu'au caillou qui dans ta chaussure blesse le pied. Souviens-toi, tu es fait de la même matière que Lui. Ne te laisse jamais intimider. La Toison d'or est cachée en toi-même. Tu vas la trouver, tu vas t'étonner au point d'en faire le chef-d'œuvre dont tu rêves. J'approuve ton vœu, j'admire ton audace et je te bénis.

Je compris alors seulement pourquoi grand-mère traitait les bizarreries de grand-père avec piété et respect. Et la tendresse dont elle l'entourait quand il rentrait de son appentis fatigué, enfermé en lui-même, ses cheveux agités comme les vagues de la mer. Je compris alors ce qu'était « le combat contre Dieu ». Et j'eus aussi conscience que mon chemin n'allait pas être semé de roses – pas plus qu'il ne l'avait été jusque-là.

Le départ

Nous n'avions pas d'argent, tout juste de quoi payer le pain quotidien, et encore... Grand-mère faisait souvent des galettes sur la cuisinière. Et donc, pas de quoi acheter mon billet de train. Bon gré mal gré, je suis allé voir le curé. Il ressemblait à un anachorète et était de l'âge de grand-père Teo, mais sa silhouette était chétive, le quart de ce dernier. J'avais l'impression de parler avec une momie dont on aurait enlevé les bandelettes.

– Oui, oui, bien sûr, grogna-t-il en soulevant ses paupières ; elles devaient être lourdes et se hissaient très lentement. Il faut aider un croyant. Mais chez moi, c'est aussi la pauvreté. Je te donnerai tout ce que j'ai.

Nous entrâmes dans son bureau, il sortit du mur une boîte métallique qu'il ouvrit et dont il mit tout le contenu dans une enveloppe.

– Que le Seigneur te conduise. Tu ne trouverais pas ta place ici, fils de David.

Il y avait là peu d'argent, et moins que cela encore – insuffisant même pour le billet. Mais qui ferait attention à ces détails ? C'étaient, là encore, les leçons de grand-mère. Je fis mes bagages et je partis sans billet.

Le contrôleur me coinça à Lubon. Les émotions et la fatigue m'avaient fait piquer du nez et les ennuis arrivèrent.

À Poznan, à la gare centrale, les gars du service d'ordre m'emmenèrent au poste.

Le sergent m'interrogea :

– Pourquoi sans billet ? Tes documents sur la table !

Il m'arracha mon portefeuille.

– Et ça, c'est quoi ? Un accordéon ou un piano ?

– Plutôt des orgues... C'est le curé qui me l'a donné, pour manger.

– Ah bon, le curé... Felek !

Son subordonné fit claquer ses talons.

– Tiens, voici des sous, va acheter un billet à ce vaurien. Jusqu'à Kolobrzeg, si je comprends bien ?

J'acquiesçai de la tête.

Felek sortit, le sergent se remit à taper sur sa machine à écrire. J'étais mal à l'aise de me trouver là, j'avais peur des flics – cela m'était resté depuis la Russie. Comme j'avais peur de l'étoile rouge et des yeux de plomb, immobiles.

Felek revint avec le billet. Le sergent me le tendit en agitant un index menaçant sous mon nez. Il sentait l'alcool.

– Tu as de la chance d'être tombé sur mon jour de bonté. Et maintenant, fiche le camp.

Felek ouvrit la porte et sourit ; au moment où je passais à côté de lui il me décocha un coup de pied de sa botte militaire. J'eus très mal, il avait touché le sacrum, mais je me retins de me retourner pour ne pas faire plaisir à cette canaille au regard de plomb.

J'arrivai à Kolobrzeg avant huit heures du soir. La gare était encore bruyante de monde. Je partis vers le bar, là où l'odeur de la nourriture était la plus forte. Il était vide, seuls deux cheminots mangeaient la soupe du jour. Je m'approchai du comptoir. Un garçon vêtu d'un tablier graisseux apparut. Ses cheveux noirs étaient brillants de gel ; son orbite droite était vide. Il examina avec soin ma veste ouatinée verte, que notre voisin le forestier m'avait offerte pour la route.

– C'est pour quoi ?

– Un truc à manger, répondis-je sur le même ton.

Je n'eus pas le temps d'ajouter que je n'avais pas un sou que déjà la main de Jurand (je l'avais baptisé ainsi) avait plongé dans la bassine de pommes de terre. La main lui servait de louche. Il ajouta aux deux poignées de patates une boulette de viande hachée et un concombre.

– Ne fais pas le difficile, on n'est pas chez *Maxim's* ici.

– J'ai vécu à Kokand, là-bas on mange aussi avec ses doigts. Merci.

– Et les gens prétendent que ce sont des sauvages là-bas... Les doigts étaient là bien avant la fourchette. Bon appétit.

Et il partit vers son arrière-cuisine.

Il revint au moment où je terminais. Il devait avoir un judas pour surveiller la salle. Comme tout le monde dans ce pays.

– Tu n'as pas payé.

– Faites-moi crédit. La milice m'a collé une prune. Je le jure.

– Ça ira. D'accord pour le crédit. Je ne vais pas faire du ramdam pour une boulette. Mais tu ferais bien de l'apporter, je me souviendrai de toi et tu serais dans la merde.

Puis il disparut de nouveau.

Dans la salle d'attente il n'y avait qu'une place libre. Je m'assis et saluai de la tête trois hommes qui buvaient du vin dans des chopes.

– Tu boirais ? demanda l'un des trois, peigné comme un intellectuel.

– Tu es d'ici ? demanda un autre.

– Non, je suis de Kokand, et je souris.

Le troisième, dont le visage était sillonné de rides profondes, lécha ses lèvres d'une langue large comme celle des vaches, me regarda attentivement de sous ses sourcils broussailleux et avala une gorgée de vin.

– Je m'appelle Piotr Bukowski. Polonais, mais je suis capitaine dans l'Armée rouge.

Il se leva, alla jusqu'au comptoir, revint avec une bouteille de vin et une chope qu'il posa devant moi.

– Bois et ne dis rien. Tu es venu ici chez Bagicz ?

– Chez personne en particulier ! Naviguer. Pêcher du poisson. Et ensuite, à la grâce de Dieu.

– Alors, tu vas sur la *Barka*, tu vas naviguer avec nous.

– Bois, jeunot, grogna l'élégant, dont les cheveux avaient la couleur du lin. Bois, sinon tu deviendras fou. On ne peut pas vivre sans alcool – pas ici, pas avec ces gens-là.

Les chopes s'emplissaient de vin et se vidaient, disparaissaient parfois, mais il y en avait toujours à satiété. Elles arrivaient en continu, Jurand qui desservait en même temps le bar et le buffet de la salle d'attente traquait la moindre défaillance ; était-ce pour qu'il ne devienne pas trop vite millionnaire qu'on lui avait abîmé un œil ?

L'ambiance montait, les conversations atteignaient le contre-ut supérieur. On se disputait pour quelques bobineaux, toises, cathéters ou shunts. On hissait sur un piédestal les skippers Jan Ciecwierz et Stefan Nowy : l'un était un saint, l'autre – un bienheureux ; le premier voyait à travers l'eau, le second avait le nez de Cyrano.

– Les yeux de Ciecwierz valent mieux que des télémètres.

Bukowski posa ses paumes jointes sur ses yeux.

– Mais la chance habite ici, et il tapota de son doigt son crâne de soldat soviétique. Et toi, tu en as, de la veine ?

– Je crois en Dieu, ai-je répondu.

– Et celui qui n'y croit pas, et qui va voir les filles, qu'est-ce qu'il va devenir, lui ? demanda Rogala, le troisième de la bande.

– C'est aussi l'affaire de Dieu. Tout vient de Lui.

– Moi, j'aime les femmes, murmura-t-il, comme prenant pitié de lui-même. Or, à chacune il manque quelque chose : le talent, la beauté, la finesse, l'astuce. Il manque toujours quelque chose alors que moi, je veux avoir tout au grand complet, et donc il m'en faut au moins trois. Ce n'est pas comme toi – et il regarda avec reproche celui aux cheveux de lin. Tu n'en as qu'une, et en plus elle ressemble à une corneille.

– Et alors ? Mais je vais la laisser tomber un jour. Et puis, je suis plus chanceux que toi.

Bukowski me posa la main sur l'épaule et serra à faire mal :

– Tu arrives de Russie – chante-nous quelque chose. Chante *La Tranchée*. Rappelle-moi ma jeunesse et mes épaulettes...

– J'ai oublié, je ne sais plus...

– Chante, demanda-t-il encore.

J'acquiesçai de la tête, l'espace, la liberté étaient entrés en moi :

Tu es aujourd'hui très très loin,
Entre nous la neige et la taïga ;
Il est long jusqu'à toi le chemin.
La mort, elle, est à deux pas...

J'entendis à ce moment :

– Capitaine, on vient te chercher.

J'interrompis mon chant – deux hommes en uniforme approchaient. Laurel et Hardy. Mais ils n'avaient rien de comique ; ils ne se distinguaient en rien des flics soviétiques.

Ils s'approchèrent de notre table avec un salut militaire.

– Tiens, Bukowski fait de nouveau du grabuge, et donc il viendra avec nous.

L'un des deux montra la porte de son pouce. Bukowski fit un geste résigné de la main.

– Et vous deux, filez vite à la maison. Fissa !

Bukowski s'exclama soudain, après avoir essuyé la mousse de ses lèvres :

– Elle ne vous revient pas, ma gueule ? Et probablement mes médailles non plus : j'en ai un sac plein. Tandis que vous, grisaille, culs-terreux, qu'est-ce que vous avez ? Rien du tout ! Et il leur fit un bras d'honneur.

– Et toi, tu es qui ? me demanda Laurel.

– Il est de chez Bagicz, répondit à ma place le blond.

– On va vérifier. Va chercher la patrouille russe[1].

Hardy sortit et revint aussitôt avec les soldats soviétiques : ils tournaient toujours autour de la gare.

– Ton laissez-passer, me lança le chef de la patrouille, porteur d'un brassard rouge.

– Pas de problème !

Et je lui tendis ma carte d'identité polonaise.

Il l'examina attentivement avant de me la rendre.

– Pourtant, tu chantes en russe. Comment ça se fait ?

– Il m'est arrivé d'abattre la taïga...

– Bon, ça va. Rentre chez toi.

Il fit un geste vers Laurel :

– Tu vois, celui-là a cru que tu étais des nôtres.

– Je n'ai pas où aller. Je viens d'arriver. Et pas d'argent.

Il acquiesça de la tête et s'approcha de Laurel :

– Il va rester ici jusqu'au matin. Clair ?

Laurel salua, claqua des talons.

Nous nous séparâmes. La salle d'attente se vida peu à peu : on savait que Laurel et Hardy allaient revenir. Lorsqu'il ne resta que quelques personnes, je rapprochai quatre chaises le long du mur et me couchai avec mon sac à dos pour oreiller. J'étais content : personne ne me réveillerait avant le jour, et puis demain j'allais voir la mer, ma muse...

---

1. Dans les années qui ont suivi la Seconde Guerre mondiale, la Pologne avait recouvré sa souveraineté, mais l'Armée rouge était toujours présente dans le pays. Les patrouilles militaires soviétiques surveillaient les endroits sensibles, comme les gares, en parallèle avec la milice polonaise.

Jonas

« ... Depuis trois ans, c'est Willy qui est le meilleur chef de bord ici. Les poissons sautent d'eux-mêmes dans ses filets, ils sont heureux quand sa nasse ramasse le banc entier. Peu importe où il va pêcher, juste derrière les rochers ou bien vers Bornholm ou encore sur les hauts-fonds de l'Est, il ramène toujours à bord au moins cinquante cageots de poisson. Au bas mot !

Le quinze de chaque mois, Willy et tout son équipage vont à la caisse chercher leur dû. La caissière pousse la somme dans le guichet avec réticence. Elle est jalouse : ce n'est pas là un salaire normal, c'est un rêve, une symphonie d'argent. C'est précisément ce qui pousse les hommes vers Willy, à tenter d'entrer dans ses bonnes grâces, par la médisance souvent... Mais ce n'est pas facile, il est toujours au milieu de son équipage, ils pêchent ensemble, ils boivent ensemble au club *La Maison du marinier*, ou encore au *Dauphin*, chez Maria, une femme cupide, prête à vendre son âme au diable contre un peu de popularité et d'argent. Elle fait sans cesse des yeux doux à Willy, mais il l'éconduit toujours, il rit en répétant que "sa chance de pêcheur et l'argent de son portefeuille ne sont pas pour elle". »

Le grand-père Soschneider, le vieux portier de la Maison du marinier, avait juste eu le temps de me raconter tout cela quand il fut interrompu par le téléphone. Il lui fallut partir d'urgence à la recherche de quelqu'un. Nous nous quittâmes donc là-dessus.

Le lendemain, après les dernières formalités, je dénichai le chalutier de Willy. Les pêcheurs étaient en train de travailler aux filets. Je sautai à bord, mon sac de marin sur l'épaule.

– Salut, on m'a envoyé chez vous.

Ils levèrent la tête comme un seul homme. Personne ne me connaissait, ils me dévisageaient avec curiosité et devaient se demander qui m'avait pistonné pour atterrir chez eux. Tout le monde n'avait pas cette chance. Je l'avais compris grâce aux paroles du vieux portier.

Le plus âgé me dit :

– Willy n'est pas encore là. Je suis son second. Je suis un Kachoube[1] d'origine et de nom.

Son visage était couvert d'un fin réseau de veinules qui le faisaient ressembler à un Indien ; ses yeux avaient le bleu de la mer d'Aral, une mer que j'avais eu l'occasion de voir dans mon enfance. La Baltique est plutôt gris-vert, elle a un goût et un parfum différents, elle parle autrement.

– Oui, je suis son second.

– Et moi, je suis un pêcheur, dit un gars de mon âge en me tendant la main que je serrai. Tu arrives d'où ?

– De Kokand !

– C'est où, ça ? T'as pas à faire le malin !

– Mais c'est la vérité vraie.

– Bon, qu'importe, viens, je vais te montrer ta couchette.

Nous descendîmes dans le poste avant : deux couchettes superposées, deux armoires, deux équipets.

– La couchette en haut à gauche et l'équipet sont à toi. Change-toi et viens dehors travailler.

---

1. Kachoubes : population autochtone du littoral polonais de la Baltique, d'origine slave ou balte.

J'enfilai un ciré, des bottes de caoutchouc et montai vers la lumière du jour. Le Kachoube me fit signe.

– Tu vas attacher les flotteurs. Le milieu est déjà armé. À présent, quatre boules à mi-brasse, quatre à une brasse, le reste – à deux brasses.

Puis il me montra comment les arrimer.

C'était mon premier travail à bord, j'y mettais tout mon cœur et tous mes espoirs, comme Noé en construisant son arche.

– Tu es marié ? me demanda le Kachoube.

– Non.

– Alors, marie-toi. Tu auras à manger et à boire.

– Ne l'écoute pas, dit le marin-pêcheur. Il a deux filles à caser, alors il cherche des naïfs.

– Ce que je cherche, c'est un gars avec du cœur.

La conversation s'interrompit.

Le ciel s'éclaircissait, le voile de brume se dispersait ; des lambeaux d'argent ne s'attardaient que dans les buissons. Le soleil, petit comme un œil de graisse sur du bouillon, gravissait sa colline de mars avant de glisser sur l'autre pente. L'air devenait vitreux, de plus en plus transparent. Un vol d'oies sauvages filait vers le nord, j'entendais le bruit des ailes et l'écho de leurs cris. J'aimais le départ et le retour des oiseaux, je fixai le ciel. « Chacun a son temps d'envol et son temps de retour. Moi aussi, je pars pour chercher ce que je désire, même l'amertume. »

– Ohé, toi là-bas, tu es qui ?

Le Kachoube me tira par la manche :

– C'est le capitaine.

Mes yeux quittèrent le ciel. Willy était debout sur les marches de métal. Ses petits yeux d'anthracite me vrillaient, je sentais leur froideur.

– Je suis un mousse.

– Qu'est-ce que tu as à me dire ?

– *Shalom*.

Il fut dérouté. Il ignorait probablement ce mot.

– Ah bon. Et qui t'a enrôlé sans que je le sache ?

Je haussai les épaules.

– Je pars me renseigner, et il sauta sur le quai. Que le mécanicien fasse chauffer la machine, on sort en mer dès mon retour.

Je regardai de nouveau le ciel, le mystère livide s'éclaircissait ; la troupe d'oies avait disparu. Juste au bord de l'horizon, tout à côté du phare, paissaient des nuages blancs. Leurs bords violets étaient tissés de lumière. « Des nuages de bonne espérance. »

Après avoir vérifié les filets, nous avons inspecté avec le Kachoube les barrots, les varangues, les poulies et les émerillons. Le cotre n'était pas sorti en mer depuis un mois et demi. La mer avait été prise par les glaces sur deux milles cette année. Le froid avait cédé à peine une semaine plus tôt, la neige avait fondu et la veille un remorqueur avait ouvert le chenal – on pouvait désormais partir pour les zones de pêche.

Willy revint, sans un regard pour moi ni pour personne. L'instant d'après, il ouvrit le sabord de la timonerie :

– Larguez les amarres, tous à vos postes !

J'entendis :

– Saute à quai, largue la première de proue.

Je le fis en un tournemain, sautai à bord et courus vers la proue. Ma première sortie en mer. Un petit vent vif comme le toucher de velours ou de soie. Beaucoup de mouettes sur les brise-lames, posées ou tournoyant autour du phare qui à présent brillait de reflets rubis. Au-delà des têtes de jetée, un sentier vert taillé par le remorqueur, souillé par des glaçons, des tranches flamboyantes d'un vert céladon. Les *growlers* frottent contre la coque, murmurent, balbutient quelque chose, puis se taisent. Et voici la mer, jusqu'à l'horizon. Le chalutier aborde la houle, la proue s'élève, le pont s'incline d'un bord à l'autre.

Ma première sortie en mer, le cœur dans un nuage. Ne pas mentir, entendre l'appel : « Adam, où es-tu ? » Car il s'adresse à moi aussi. Où suis-je ? Où vais-je, et comment est ma conscience ?

Une main se pose sur mon épaule ; je tourne la tête.

– Tu auras encore le temps de tout regarder, me dit le pêcheur, allons, au travail. Tu seras l'aide-cuisinier, à toi de mettre de l'ordre. Le carré n'a pas été nettoyé depuis un mois.

Depuis un mois ? Depuis des années, oui ! La crasse collait partout. Je savais nettoyer ; Beauté, ma mère, m'avait appris. Je savais aussi que la crasse est le commencement du péché. Une heure plus tard le carré était devenu plus vaste et plus haut, mais j'aurais voulu en faire encore plus. Une sonnerie m'interrompit, qui appelait à hisser le chalut.

On me mit à tirer la fune du côté bâbord. Le chalut résistait. Le bateau reculait, puis revenait vers le filet, mais la manœuvre traînait en longueur. Tout le monde se taisait : les mots étaient inutiles, le chalut était en pièces, un poids alourdissait le fond. Une bombe ? Une mine ? Non, en fin de compte ce n'était qu'un énorme rocher, parfait pour la pierre tombale d'un poète rebelle. « J'en aimerais un comme ça sur ma tombe à moi », ai-je pensé en le fixant. Tout à fait parfait.

Et je vis alors Willy devant moi. La rage déformait son visage, sa lèvre inférieure pendait, ses dents brillaient d'un éclat nacré. Ses yeux étaient blancs.

– Où est le poisson ? hurla-t-il en m'attrapant l'épaule.

Je regardai le Kachoube et le reste de l'équipage. Tous étaient immobiles, comme pétrifiés. Quelque chose d'inhabituel était arrivé. Je répondis :

– Dans l'eau. Dans la mer.

– Tu es un Jonas ! Juif ! C'est la première fois de ma vie que je tire une pierre de la mer. Fous-moi le camp, oust !

De toutes ses forces, il me frappa à la poitrine de ses deux poings. Le bastingage m'arrêta. Willy avança d'un pas et me frappa encore.

Je vis trente-six chandelles et basculai. L'eau froide me ranima aussitôt. J'ouvris les yeux : une bouée de sauvetage flottait juste devant moi. Je saisis les poignées, on me tira et me hissa à bord.

À l'entrée du poste avant, je quittai mes vêtements mouillés et descendis tout nu à l'intérieur. Je cherchai des affaires de rechange dans l'équipet, m'habillai et sortis aussitôt sur le pont. Les autres désarmaient le chalut déchiré. Je vidai l'eau de mes bottes, portai au séchoir les vêtements mouillés. J'avais un paquet de cigarettes, j'avais très envie de nicotine, j'en allumai une. Adossé à la porte chaude du séchoir j'aspirai trois bouffées à fond, à en avoir des larmes aux yeux. C'était pénible et je me sentis bête, le sol se dérobait encore sous mes pieds.

Le pêcheur s'approcha au bout d'un instant, s'adossa à la chaude paroi du séchoir à côté de moi.

– Tu vas porter plainte ?

– Tu as vu mon œil...

– Bah, les yeux ça saigne vite. Ce n'est pas ton premier bleu ?

– Il n'a pas frappé que moi – je commençais à sentir de nouveau le sol sous mes pieds. Cela concerne tous les vivants et les morts. Ce n'est pas à lui de juger et de frapper. Il y a des instances supérieures pour cela.

– N'exagère pas...

– Ce n'est pas seulement moi qui suis en cause, c'est aussi le mouvement des comètes et la pluie à Varsovie.

À ces mots il me regarda attentivement, d'un regard perçant que je sentis sur ma peau. Il ne voyait pas bien cette pluie et ces mouvements de constellations, il fit un geste et partit rapporter ma réponse à Willy. Et moi, j'allai aider à armer un nouveau chalut.

La passe suivante fut normale, quelque cinquante cageots de morue et cinq de limande.

Le chalut repartit dans l'eau et le labeur de pêche habituel recommença. Le Kachoube me montra comment il fallait vider les morues.

– Trois mouvements et tout est fini...

Il le faisait, lui, à la perfection. Pas moi. Les morues me glissaient des mains, la lame du couteau entamait les doigts. Au bout d'une heure, mes mains pulsaient. Cependant, en mer, il n'y a pas de malades, il fallait vider le poisson entassé sur le pont, même si la fin du monde devait arriver avant son heure.

Nous avions réussi à nettoyer la moitié du poisson quand le chalut déversa de nouvelles prises – au bas mot cent cageots.

– Jonas lui-même n'a pas réussi à me contrarier !

Willy hurlait par le sabord de la timonerie, ivre de lui-même.

– Alors, tu te tais, Jonas ? Tu as déjà vu tant de poisson ? Et il y en aura encore plus, jusqu'au sommet du mât ! Et je me fous de tes instances supérieures !

J'avais mal à l'endroit où il m'avait frappé, aux coupures des doigts, aux mains gercées, alors je me taisais. C'était facile – la joie d'être en mer suffisait, et d'apprendre les secrets d'un élément inconnu. « Des gens nouveaux, un monde nouveau. »

Nous vidions le poisson, nous remplissions la cale de cageots et nous hissions le chalut. Lorsque le pont fut couvert de poissons jusqu'à la poupe, Willy fit demi-tour et mit le cap sur le port.

Nous travaillâmes jusqu'au matin, amarrés le long du quai.

Après le déchargement nous armâmes le bateau pour une nouvelle sortie, embarquant des cageots, de la glace et deux nouveaux chaluts. Départ à vingt-deux heures.

C'est alors que le directeur nous rendit visite. On se rassembla dans le carré, faute de place la moitié resta debout.

– Dis-nous, citoyen du monde, comment s'est passée ta chute à la mer ?

Il leva les yeux vers moi.

– Tous ceux qui sont là étaient témoins, qu'ils le disent.

Le directeur regarda l'équipage. Personne ne moufta. Il regarda le Kachoube :

– Dis-le, toi.

– Rien à dire, c'est noté dans le journal du bord.

– Il ne se trouvera donc ici aucun juste ? demandai-je.

Il ne s'en trouva aucun.

– Et c'est quoi, ces instances supérieures dont a parlé Willy ?

– C'est Dieu, répondis-je.

– Eh bien, eh bien, grogna-t-il avec bienveillance. Voici un gars qui a été en Sibérie comme moi, qui a bouffé de la vache enragée, et pourtant il croit encore en Dieu... Mais c'est ton affaire. Je vais étouffer cette histoire. Comme tu vois, on ne veut pas de toi ici. Je m'en souviendrai. À cause de ce qui t'est arrivé, je te transfère désormais chez Cichon. J'envoie deux chalutiers en mer du Nord. Tu connaîtras le goût de la vraie pêche et tu verras des hommes le cœur sur la main. Ici, on étouffe.

Je saisis la main du directeur et l'embrassai. Je n'en avais pas honte. Il n'y avait là rien de répréhensible. En ce temps-là, on baisait la main des protecteurs et des hommes bons, en signe de respect. Je murmurai merci et sortis du carré en souriant.

Le soleil était déjà haut et me contemplait avec curiosité, comme jadis il contempla Jonas qui se reposait sous un térébinthe.

Ahasvérus

Début du printemps. Nous chalutions des îles Shetland vers le sud, à travers les bancs de harengs. Ils partaient frayer sur les hauts-fonds de Dogger Bank et de la Manche. Le poisson était abondant, tous les deux jours nous livrions nos prises au bateau-usine. À la dernière livraison, le skipper appela l'équipe d'entretien pour le moteur. Ils firent ce qu'ils purent, mais sans pouvoir changer le roulement. Il n'y avait plus de pièces de rechange. Commencèrent des discussions radio avec la Pologne. Il y fallut deux jours, mais le troisième l'autorisation d'acheter la pièce à l'étranger finit par arriver. Nous eûmes de la chance, comme la poule aveugle qui trouve une graine : on allait accoster à Perth, petite ville de pêcheurs.

J'avais déjà maîtrisé les mystères de la contrebande et pus obtenir de notre base trois bouteilles de Johnny Walker. Les fourguer ne fit pas de difficultés. J'étais grandi à mes propres yeux : j'avais de quoi aller au pub. Car il me fallait y aller, voir tout ce qu'il y avait à voir, regarder les gens, mettre en mémoire l'ambiance de ce paysage. Les promenades solitaires étaient mal vues en ces temps-là, mais moi, vieux bagnard, je me devais de me glisser dehors, après tout, je ne le faisais pas pour moi.

J'entrai dans le premier pub rencontré pour commander un double scotch avec de la glace.

Le pub était vide, même le barman était parti dans son arrière-cuisine ; pour cette raison peut-être, le client entré après moi s'assit à ma table. Il avait des cheveux gris, légers et drus, et un visage brun comme du pain bien cuit.

Il s'assit et, sans me regarder, se mit à tambouriner sur la table ; les rides de ses yeux bougeaient sans arrêt. Ce n'étaient des rides ni de sourire ni de vieillesse, plutôt des rides de soucis, de luttes sans fin. Ce visage irradiait la souffrance, on ne pouvait s'y tromper. Autre certitude : il devait souffrir tantôt en humilité, tantôt en révolte. Il ressemblait à un vieux matelot qui aurait compris qu'il ne comprendrait jamais la mer, et ne pouvait plus que lui rendre hommage parce qu'elle l'autorisait encore à naviguer à travers ses silences effrayants et ses serpents de folie.

J'allai vers le comptoir et lui rapportai un verre de whisky. Il ne remercia pas, mais il me regarda – ou plutôt il regarda dans moi.

– Tu peux me croire ou non, mais j'ai connu Joshua, celui que vous appelez le Christ.

– Tu n'as pas l'air d'un fou, alors je te crois.

– C'était un homme, comme toi ou moi.

– N'essaie pas de me convaincre, je suis un pêcheur, tout comme la plupart des apôtres.

– Oui, les pêcheurs ont cru en Lui les premiers. Quels hommes étranges.

– Et toi, qui es-tu au juste ?

– Tu as entendu parler du Juif errant ?

– Oui. Il paraît qu'il a bousculé le Christ sur le chemin du Golgotha, qu'il l'injuriait lorsqu'il tomba sous son fardeau.

– C'est mensonge ! Au contraire, Rabbi Gamaliel écoutait attentivement la parole de Jésus. Il était attentif aussi aux miracles accomplis. Il nous arrivait alors d'étranges choses. Nous avions des rêves singuliers, lourds de sens, mais personne ne pouvait retenir leur contenu – on se souvenait seulement que le rêve était extraordinaire.

Quand Joshua fut emprisonné, il nous demanda, à nous ses disciples, de tenter de le libérer, mais sans verser le sang : au moyen d'or, par des liens familiaux, des connaissances.

La nuit mémorable où Pierre le renia à trois reprises, juste avant l'aube, nous eûmes une occasion de le faire fuir. Mais alors Jésus refusa.

« Ils vont te crucifier.

– Il me faut suivre mon chemin jusqu'au bout.

– Je te supplie...

– Puisque tu insistes, c'est toi qui suivras le chemin qui aurait été le mien si je t'écoutais. »

Il pencha la tête et se mit à tracer des signes au sol, comme s'il confirmait le verdict pour lui et pour moi.

« Va, et attends. »

Je n'insistai plus. Cela n'aurait servi de rien. On ne change pas le destin. Visiblement, le sens du sien était épuisé. J'avais beaucoup de peine ; je le lui dis. Il sourit – il souriait toujours. Par des gestes ordinaires il créait l'extraordinaire. Si tu l'écoutais attentivement, il était en toi, plus même – il était toi. C'était étonnant. Je connus cet état à plusieurs reprises. Et en vérité, à ces moments-là, j'aurais pu déplacer les montagnes et les mers.

– Tu es vraiment Ahasvérus ?

– Oui. Et il m'importe peu que tu me croies ou non. Pour moi, l'essentiel est de t'avoir dit qui je suis. De toi, je sais seulement que tu es un homme de la mer et aussi que, aujourd'hui, ici, dans cette ville, dans ce pub, je t'ai rencontré. Pourquoi devais-je annoncer précisément à toi que je suis Ahasvérus – je l'ignore. Je peux seulement imaginer qu'on ne te cajolera pas, comme on ne m'a pas cajolé. Tu as fui en mer pour retrouver l'homme, mais tu trouveras l'amertume. Tu veux aimer et être aimé. Et ça, on n'y parvient pas, moi je n'ai pas su.

Tu ne cours pas les temples, seulement les pubs, les bistrots. Dans les temples il y a gravité et tristesse, aucun brin de joie. Gravité, majesté, trône.

Tu es la quatrième personne à qui je dis qui je suis. L'homme est une interrogation qui n'a pas de réponse.

Joshua était un Juif, tout comme moi.

« Je suis fils de Dieu »... Seul un Juif croyant peut comprendre à quel point ces paroles semblèrent blasphématoires au temple de Jérusalem. Et il nous fallait croire ce blasphème, embrasser ce psaume ardent.

Je n'ai pu croire, mais je voulais aider. C'est là mon péché.

Je dois attendre son retour.

Adonäi me priva de ma mort.

Les disciples passèrent, Paul partit, moi seul, témoin anonyme, je dois vivre. Et ma seule tâche est d'annoncer à des hommes comme toi que j'existe. Désormais tu seras un peu moi, et je serai un peu toi.

Au revoir, nous allons encore nous rencontrer. On ne sait quand, mais nous nous reverrons. Il me faut partir, le sol brûle mes pieds, il n'est supportable que lorsque je marche.

Il se leva, fit un signe de la main et sortit.

En une fraction de seconde je vécus un mélange de joie et de peur.

Je jaillis du pub, mais la rue était déjà vide.

Je revins et commandai un autre whisky.

– Je peux vous demander dans quelle langue vous parlez tout seul ? me demanda le barman.

Je me sentis mal à l'aise. Je ne savais plus en quelle langue j'avais parlé avec Ahasvérus.

– Ce type, c'était un juif, le Juif errant.

– Quel type ? Il n'y avait personne sauf vous.

– Comment ça, personne ?

J'ai dû rougir.

– Vous n'êtes pas de ce bateau de pêche qui est entré au port aujourd'hui ?

– Oui, je fais partie de l'équipage.

– Alors, je comprends tout. Mon frère est skipper sur un chalutier et lui aussi, des fois, il a des visions.

– Mais je suis aussi poète, ai-je ajouté sans savoir pourquoi.

– Les deux vont ensemble...

Cette remarque m'a achevé. Je me sentais mal. Des choses étranges arrivent de manière étrange – je le savais. Mais cela m'aidait comme un emplâtre sur une jambe de bois. J'ai bu mon verre et je suis sorti.

À bord je fus pris de frissons, la fièvre et des visions me saisirent trois jours durant. Et des cauchemars la nuit.

L'Atlantique nord

Nous en étions au cent quatre-vingtième jour de notre voyage. Il était prévu d'entrer au port de Halifax pour un changement d'équipage. Nous nous réjouissions comme des gamins, plus fort que des gamins. On rentrait à la maison, vers les femmes, vers les enfants. De l'enfer vers le paradis. Six mois d'Atlantique nord, avec ses tempêtes effrayantes, ses brouillards et ses icebergs – de quoi vous rendre fou. Un chalutier n'est pas un bateau de plaisance ni même un porte-conteneurs, c'est un camp de travail d'où on ne s'échappe pas, à moins de mourir. La mer sans soleil, le temps sans calendrier. Et autour, sur des centaines de milles, tout guette la moindre erreur pour donner la mort.

Mais le changement d'équipage n'eut pas lieu. Le bureau central nous assena un échantillon de démocratie, envoyant un télégramme : comme le chalutier devait subir une révision générale deux mois plus tard, nous, nous devions rester en mer ces deux mois de plus – « Changement d'équipage ne se fera qu'au chantier ».

La nouvelle nous coupa les ailes à tous, même au capitaine qui affirmait partout que la mer était sa maison. Moi aussi, j'accusai le coup : j'avais reçu un télégramme – Teo était mourant.

Dès le filet rentré, Kazek, qui partageait ma cabine, me regarda avec une supplication dans les yeux. Son visage exprimait la souffrance, le désespoir.

– J'ai fait un rêve, me dit-il quand nous fûmes descendus dans notre cabine. J'en ai lourd sur le cœur. Je sais que tu as une petite bouteille d'eau-de-vie. Aide-moi, j'en ai vraiment besoin.

J'en avais même deux, dans un coffret métallique fermé à deux serrures et soudé à la cloison.

– À condition que tu racontes ton rêve...

J'ouvris le coffret, je passai un flacon à Kazek, me versai la moitié de l'autre et posai le reste aussi sur sa couchette.

– Allons, à la nôtre ! et je bus.

Il acquiesça et vida les deux flacons, reprit son souffle, avala sa salive et gémit.

– Elle s'est trouvé un artiste. Sans arrêt elle parle de Paris, du Louvre. Elle ne m'écrit pas, ne m'appelle plus.

– Et ton rêve ?

– J'ai rêvé que j'étais Abel. J'étais assis à côté de ma femme et je lui murmurais à l'oreille qu'elle avait des yeux de Caïn, que je n'en pouvais plus, que je ne pouvais ni m'abaisser plus ni viser plus haut. Et que je ne savais pas si j'allais survivre jusqu'au matin. C'est tout.

– C'est un drôle de beau rêve !

– Prémonitoire, le rêve. Je l'aime, elle. Si elle m'abandonne, je la tuerai. Et je me tuerai aussi.

– Ne parle pas à la légère ! Bonne nuit – et j'éteignis la veilleuse.

La sonnerie appelant à hisser le chalut me jeta à bas de ma couchette. Endormi à moitié, j'enfilais mon ciré. Kazek n'était jamais en retard pour se lever, mais là il n'était pas à mes côtés. Je n'entendais pas les jurons que d'habitude il murmurait machinalement.

– Kazek, debout !

J'enfilai la botte droite – je commençais toujours par elle, le pied droit doit être le premier par terre. La superstition est plus forte que la science...

Après avoir enfilé la botte gauche, je tirai la couverture de Kazek et lui donnai une tape sur les genoux. Il ne réagit pas, il ne cria pas « J'arrive ! » Je touchai son visage – il était froid. Je ne pouvais le croire, je touchai ses mains, ses pieds, de nouveau la joue. Tout était froid et raide. Un frisson me prit. Mourir sur le bateau dans sa couchette est un déshonneur pour un pêcheur. On peut s'éteindre à la barre, rendre l'âme en tirant sur le chalut, partir avec une déferlante. C'est la gloire et la dignité de notre état. À son poste, en luttant contre la force qui sans répit tente de nous asservir, de nous mettre à genoux. Non, il n'avait pas mérité une telle mort, il s'était laissé envelopper par la toile soyeuse du mal.

Je passai ma vareuse et sortis. Le chalutier craquait, hissé par la vague avant de glisser vers les profondeurs au rythme d'une berceuse. La tempête annoncée était arrivée sur notre pré carré. Elle allait hurler plusieurs jours, nous chercher noise comme une méchante épouse et, comme la femme de Job, allait nous inciter à maudire. Mais qu'importe, nous devions chaluter. Le capitaine était de l'espèce des inébranlables, ses ancêtres depuis cinq générations appartenaient à la mer. Il avait dans les gènes ce quelque chose que la mer à la fois respecte et tente de briser.

Sur le pont, j'abordai le maître d'équipage. Le vent sifflait dans les haubans comme un voyou, la mer hurlait.

Je criai dans son oreille :

– Kazek est raide !

– Où diable a-t-il déniché une bouteille ?

– Pas ivre ! Il est raide. Il faut informer le capitaine.

Il finit par comprendre. Sa bouche s'ouvrit, il leva les sourcils au-dessus de ses yeux rougis ; ils étaient grands comme ceux d'une vache – il ressemblait à un taureau agacé par des chiens.

– Il est mort ? Vraiment ?

J'acquiesçai de la tête.

– Raide mort !

Je criai et des larmes malgré moi me brûlèrent les yeux.

– Va au monte-charge. Hissons d'abord le chalut. Ne faisons pas peur aux gens.

Nous sortîmes le filet. Il était vide, seuls une douzaine de sébastes tombèrent sur le pont.

Un tel incident n'était encore jamais arrivé ; nous nous sentîmes vexés et atteints. Le capitaine descendit en courant sur le pont et avec le maître d'équipage ils vérifièrent le chalut de fond en comble, mètre par mètre, pouce par pouce, une vraie commission d'enquête. Ils ne trouvèrent rien, il ne manquait pas une maille. Le filet n'était pour rien dans ce chalutage à vide.

Le vent forcissait, aussi bien les nuages que la météo à la radio ne promettaient ni paix ni accalmie, mais le filet plongea de nouveau et le chalutier recommença comme un bagnard à labourer les vagues que couvrait déjà la blancheur de renoncules printanières. Le vent s'emparait de brassées de ces fleurs, arrachait leurs pétales pour les transmuer en particules de brume.

Toute tempête est majestueuse. Et effrayante, comme le feu dans le Sinaï. J'avais eu l'occasion de voir des icônes orthodoxes et d'éprouver leur magie ; la mer me faisait un effet semblable. J'avais souvent l'impression que le chalutier, comme le char de feu du prophète Élie, nous emportait au ciel.

J'avais vingt-quatre ans et ne craignais rien hormis Dieu ; la tempête était pour moi une sorte d'aventure, une épreuve, elle révélait une réalité sans cesse changeante et elle m'exprimait aussi. La mer m'enivrait. Je l'aimais d'un amour au premier regard. Chaque voyage était comme la sortie d'Égypte et l'errance dans le désert. Aucun amour n'est simple, mais l'amour de la mer est le plus difficile. C'est un défi, une épreuve. Elle est belle et tendre, cruelle et inflexible. Elle octroie généreusement le ciel, mais fait aussi cadeau de l'enfer. Et si on la néglige, elle tue.

Le maître d'équipage s'approcha et son pouce me montra la passerelle. J'acquiesçai d'un geste et allai voir le capitaine. Il m'attendait. L'énorme miche de sa main m'indiqua le tabouret. Il me regarda de ses étranges yeux émeraude et ses sourcils noirs se levèrent comme des ailes de corbeau.

Je lui sortis tout, sans rien dissimuler : il s'agissait d'une mort. Je racontai et son rêve, et l'eau-de-vie, et l'amour qui s'éteignait et la menace finale qu'il avait proférée.

Le capitaine ôta sa casquette. C'était le signe que l'entrevue était finie.

Je n'avais pas envie de retourner dans ma cabine, même si tout y avait été rangé. Le corps était déjà dans la chambre froide, les affaires de Kazek serrées dans son sac de marin déposées dans le magasin du bosco. Je me traînai vers le pont des relèvements. Là je m'étais aménagé une sorte de nid entre les chaluts de rechange. J'y allais chaque jour, pour être plus près des nuages et pour avoir plus de mer devant moi, pour moi seul. C'était mon sanatorium.

J'y trouvai Nell, la stewardesse. Pour la première fois quelqu'un était assis dans mon nid. Je sursautai, mes sourcils partirent à s'étonner. Il y avait sur le chalutier deux stewardesses, enrôlées contre la volonté du capitaine, conformément au règlement des droits égaux pour les femmes. Le capitaine les traitait comme un mal nécessaire et avait interdit la pornographie. Il avait annoncé à la cantonade que, sur la mer, il avait le droit de célébrer des mariages, mais pas celui d'accorder des divorces. Il savait ce qu'il disait, il n'y avait sur son bateau que deux célibataires : le bosco et moi. Mais moi, j'étais à la recherche de la Beauté, et le bosco n'aimait que l'eau de feu.

Elle me dit, dans un pépiement d'oiseau :

– Nous allons habiter ensemble. J'ai déjà déménagé dans ta cabine.

– Seigneur Dieu, l'entends-Tu ? Ne vois-Tu pas qu'un viol se prépare en plein jour ?

– Je suis allée voir le capitaine. Il est d'accord.

– Je suis un Israélite. Je ne veux pas me marier.

– N'étale pas ta judéité comme ça. On pourrait te tuer... J'étais un peu au courant. Ma mère est allemande.

Je m'assis à côté d'elle, les bras me tombèrent comme les ailes d'un albatros en train de crever. Nell était ravissante, des cheveux d'or soyeux, des mains de Chopin, la bouche de Notre Dame de Vladimir. Tentation ; elle allait me faire bouillonner le sang et perdre le fil de mes idées. Je la regardai attentivement. Je voulais trouver en elle quelque chose de grossier, de vulgaire, un défaut animal. Mais je ne trouvai rien.

– La couchette d'un mort ne te fait pas peur ?

Elle sourit, les perles de ses dents brillèrent. C'en était trop.

– Tu ne me plais pas, ai-je dit en regardant au loin, comme pour apercevoir l'horizon.

Mais il n'y avait pas d'horizon, les nuages bas, déchiquetés, se mêlaient aux éclaboussures des vagues.

Elle me répondit en prenant le ton vulgaire d'une harengère :

– Pourquoi il ment ? À quoi sert ce théâtre ? C'est quoi, ce guignol ? Le capitaine sait pourquoi j'ai déménagé de la cabine d'Hélène. Toi, tu m'as toujours traitée comme un être humain et c'est la raison. Bon, terminé, point final, je vais au travail.

Elle se leva et se mit à descendre lentement, attentive au roulis.

La nouvelle m'enleva la paix de l'esprit. Beauté m'avait fait naître pour que je sois heureux. Et je l'avais été au cours des derniers six mois. Je vivais le bonheur de mer, de quelqu'un qui cherche le sens et le goût de la vie. J'avais sur la langue le sel primordial de l'océan. Et voici que soudain la salière disparaissait.

Le bateau roulait doucement, sans à-coups, comme d'habitude quand on chalute, pourtant je ne parvenais pas à fermer les yeux et à tomber dans ce demi-sommeil qui régénère le mental. Ma tête allait éclater sous la poussée des pensées, elles étaient plus nombreuses que la foule partie à l'assaut de la Bastille. Pour chasser les intrus, je montai sur la passerelle. J'y appris que l'hélicoptère ne pouvait pas venir chercher le corps à cause du mauvais temps et aussi que le mécanicien avait vu Kazek assis dans le carré.

– Tu étais copain avec lui, vous partagiez la même cabine.

Le capitaine posa son immense paume sur mon bras et la malachite de ses yeux s'éclaira.

– Occupe-toi de cette affaire. Les gens sont terriblement superstitieux.

Je sortis sans rien dire. Un coup d'œil dans le carré, dans la cambuse et j'allai dans ma cabine. Nell était couchée sur ma couchette, vêtue de son gros coupe-vent rouge. Elle ne dormait pas. Je m'assis du côté de l'équipet.

– Il est là, dit Nell sans une ombre de crainte dans la voix. J'ai senti sa présence. C'est pourquoi je me suis mise sur ta couchette.

Je me levai, jambes écartées à cause du roulis, et mes doigts se serrèrent autour du montant supérieur de la couchette. D'un ton déterminé, je dis :

– Kazek, tu es mort. Comprends-le et va-t'en dans ton monde. Le bateau appartient aux vivants. Ne t'oblige pas à souffrir ici, Kazek, écoute-moi, là-bas tu seras heureux. Ici tu as envie de vodka, là-bas tu auras de tout en abondance. Et personne ne te trompera. Confiance complète. Va, Kazek, va dans ton monde et ne complique pas notre existence et la tienne. Tu es mort, alors va au ciel. N'es-tu pas un homme d'honneur ?

Un instant plus tard, alors que je m'étais rassis, Nell dit qu'elle le sentait descendre, mieux encore, qu'elle le voyait se couler de la couchette par terre, d'abord le pied droit, puis le gauche. Puis il agita la main en signe d'adieu et disparut. Moi, je n'avais rien vu, mais je respirai avec soulagement.

– Il t'a écouté, c'est un brave garçon, dit Nell. Maintenant on aura la paix.

– Oui, je le pense aussi, dis-je, et au même moment je sentis une secousse.

Le chalutier s'arrêta pile, le bruit des machines s'accrut. Je saisis la main de Nell et nous courûmes vers la passerelle, quoique l'accès en fût interdit aux stewardesses, car le capitaine avait l'habitude d'y monter parfois en pyjama, ou plutôt en sous-vêtements de nuit un peu particuliers, dans le style cow-boy, avec des boutons à l'endroit intime.

Il était déjà là, il fixait le Sonar. Il avait déjà compris ce qui nous arrivait.

– Nous avons pris un sous-marin dans notre filet. Vite, lâchez tout, sinon il va nous entraîner vers le fond !

Nous courûmes avec le bosco. Les câbles d'acier sautèrent en un instant du tambour. Le gauche partit en entier, le droit se bloqua dans le palier fixé par un écrou. Le bosco avait toujours sur lui une clé anglaise, il se mit à ajuster la taille. L'eau envahissait déjà la poupe, la proue pointait de plus en plus haut sur la vague et ne retombait plus.

On y parvint à temps. L'écrou de fixation ne se coinça pas, la graisse ne s'était pas figée. En deux mouvements de la clé le câble siffla comme éclate une corde de violon sur laquelle Paganini tenterait d'exprimer tout son génie. Le bateau frissonna et s'élança en avant comme un cheval effrayé. Je souris au bosco, il me tapota l'épaule. Nous avions sauvé le bateau.

Nous montâmes sur la passerelle. Le capitaine se contenta de nous faire un signe de la main, il écoutait la météo. Dans notre zone allaient se heurter deux dépressions, celle de l'Atlantique et celle de l'Arctique. De tels phénomènes sont rares et peuvent s'accompagner d'anomalies, comme l'apparition de vagues « monstrueuses ».

– Nous n'avons pas d'ailes, nous n'allons pas nous envoler d'ici, dit le capitaine à propos de la météo. Notre « Demoiselle » tiendra bien le coup...

Ayant dit cela, il alla vers le hublot et regarda le pont et la proue avec un sourire de tendresse.

– Nous avons déjà traversé ensemble plus d'une tuerie... Le bateau, il faut l'aimer comme une femme. C'est indispensable, sinon tout irait de travers. Bon, assez là-dessus et merci encore les gars pour votre action. J'espère que nous avons assez de câbles de rechange ? Et qu'on trouvera de quoi remplacer ce qui a été perdu ?

– Oui, on trouvera ce qu'il faut, répondit le bosco.

– Alors tout va bien. Et maintenant, au travail, mettez tout en condition de tempête. Et toi – il me montra du doigt – à la barre. Toi et le chef d'équipage, à tour de rôle.

Je descendis me changer pour du sec. Le cuistot m'arrêta en chemin. D'une main il me saisit l'épaule, l'autre était crochée dans la grille qui séparait la cambuse du couloir. De grosses gouttes de sueur perlaient à son front, son cou rappelait le jabot des coqs. Ses yeux flamboyaient sauvagement, comme chez une bête affamée. Il murmura :

– Je t'en supplie, chasse Nell de ta cabine...

– Ça, il faut que tu le demandes au capitaine.

– J'y suis allé. Je n'en ai rien obtenu, car je suis déjà marié. Jure-moi que tu ne la toucheras pas !

– Mon gars, c'est un ouragan qui est en train de nous tomber dessus, et toi, à quoi tu penses ? Range plutôt ta cambuse !

Et je poursuivis mon chemin.

Je me changeai avant de monter sur la passerelle. J'aimais la barre et j'aimais barrer. Mon attention, mon astuce et mon imagination conditionnaient le confort du voyage, elles pouvaient diminuer la pénibilité du gros temps. C'était aussi une grande responsabilité. Je devais sans cesse scruter les vagues pour savoir à quel moment faire face et comment monter sous le meilleur angle sur la crête de la neuvième vague, la plus puissante. Car il était facile de faire des dégâts tant au bateau qu'au moral des hommes.

Je remplaçai le chef de l'équipage, posai mes paumes sur les poignées en chêne du gouvernail et me mis à admirer le ballet fou de la mer. Pour être le plus près possible de son ÊTRE, et pour en obtenir quelque chose pour moi-même, pour mon futur chef-d'œuvre. Le chef-d'œuvre était mon but, mon idéal, je le visais sans jamais dévier de ce cours ; cependant j'avais déjà conscience de ce que Dieu parfois tarde à aider l'homme et que les rêves peuvent se muer en amertume. Mais comment vivre sans rêver ?

Et soudain je vis une chose étrange : nous flottions sur une étendue un peu bombée et verte d'eau calme, sans éclaboussures, sans écume. Quelle joie – pour être totalement heureux il ne me manquait qu'une troupe de cigognes. Mais aussitôt mon regard accrocha le déferlement d'une énorme vague qui approchait du bâbord, et une autre, encore plus puissante, une monstrueuse, qui courait à tribord. La joie disparut.

– Capitaine, nous sommes en pleine anomalie – une « neuvième vague » à bâbord, et une vague scélérate à tribord !

– Vire vers la scélérate, dit-il doucement tout en signalant au mécanicien « Alerte ! ».

Il jeta un coup d'œil devant, puis me regarda. Je fis un sourire avec un clin d'œil de voyou. Il leva le pouce et acquiesça de la tête.

La proue attendait déjà la vague qui approchait. Elle venait lentement, couverte de tant de blancheur lumineuse que sa majesté effrayait. Et cet effroi ouvrit en moi la certitude qu'elle n'allait pas nous engloutir, que ce n'était pas notre tombeau – juste une péripétie du destin.

Le chalutier montait de plus en plus haut et, quand sa proue ressembla à la tête d'un loup hurlant, le capitaine fit stopper. Au moment où le sommet jeta sur nous sa guirlande et où les ténèbres engloutirent la passerelle, il ordonna : « En avant lente. » Le chalutier frémissait, geignait, râlait comme soumis au supplice de la roue. Comme tout être en ce monde, il ne voulait pas mourir. Non, pas encore, pas cette fois-ci. Et pas non plus la prochaine.

Quand tout se calma et que la clarté revint dans la passerelle, le capitaine s'approcha du hublot du côté de la poupe.

– Mon Dieu, elles se sont heurtées. L'apocalypse ! C'est ainsi que des bateaux se perdent sans trace. On n'a pas le temps d'entreprendre quoi que ce soit.

– Ouf... Le pire est derrière nous, ai-je dit.

– Merci à toi, *Mademoiselle*. Et merci aussi à toi – et il me sourit.

À trois heures du matin je passai la barre au bosco. Les projecteurs éclairaient la mer des deux bords du bateau. La beauté de l'eau arctique se muait en éclaboussures, en creux et en collines écumeuses. On n'y trouvait pas la caresse de la terre. L'océan ne connaît pas la tendresse, il est comme un puissant animal qui guette la moindre faute de l'homme pour le dévorer. Il exploite chaque faux pas, il se glisse dans toute fissure pour que son sel soit plus proche du sang de la vie humaine. Peut-être garde-t-il la mémoire de l'homme, la mémoire du fait que nos très lointains ancêtres le trahirent pour la terre, qu'ils préférèrent la verdure de l'herbe et le bleu du ciel. Oui, ils le trahirent, or on ne pardonne pas une trahison, elle fait mal jusqu'à la mort. L'océan vit, et se souvient.

Le noroît de force dix soufflait toujours, mais le front était derrière nous. La tempête s'éteignait, les déferlantes s'adoucissaient, étaient moins envahissantes et déchaînées, plus humaines.

J'étais debout depuis vingt heures et ma tête avait la nostalgie d'un oreiller moelleux. Je pensai à mon « nid » dans les filets, mais il y faisait à présent trop humide. Je me promis d'acheter un sac de couchage imperméable, pour pouvoir passer à ciel ouvert même des nuits comme celle-ci.

Je descendis dans le carré, bus un verre d'eau chaude à la bouilloire et l'instant d'après mes paupières commencèrent à se fermer. Je me levai aussitôt, j'avais toujours eu des problèmes avec le sommeil, il ne fallait pas le snober quand il venait frapper chez moi.

Je trouvai Hélène dans ma cabine. Elle était assise par terre ; le dos contre la cloison, les mains appuyées de part et d'autre, elle se balançait avec le roulis. Son visage était pâle, ses yeux écarquillés, vitreux, sauvages. Nell était couchée sur le dos sur ma couchette, son ciré clair plein de sang. Elle avait les yeux ouverts.

– Ce n'est pas moi, murmura Hélène en sanglotant. C'est le cuisinier qui l'a poignardée, parce qu'il l'aimait sans espoir. Mon Dieu, quel amour est-ce là, qui mène au meurtre ! Moi aussi, je l'aimais...

Je montai sur la passerelle. Le capitaine n'en était pas encore descendu. Le bosco était à ses côtés. Je racontai ce qui était arrivé. Le capitaine ne bougea pas, mais je le vis se recroqueviller, s'enfoncer dans son siège.

– Tuer quelqu'un pendant la tempête est une effrayante bassesse. Ils m'ont déshonoré mon bateau, ils l'ont souillé terriblement. Comment te laverai-je de cette honte, *Mademoiselle* ? De quelle façon ? Deux cadavres dans la même navigation ! Un homme s'est détruit, un autre aurait brûlé le monde entier. Un milligramme de mal détruit des millions de tonnes de bien. Pas à dire, le diable est dans l'homme !

Le bosco, sans un mot, me tendit sa clé. Je partis dormir dans sa cabine.

Le pacte

Au retour des chalutiers des lieux de pêche de l'Atlantique nord, la noce a commencé. Jamais de ma vie je n'avais eu tant d'argent, jamais je n'en avais même vu tant. Je retardai alors mon retour chez la grand-mère, je lui envoyai seulement une belle somme.

Le soir même on m'appela au téléphone. Sans un bonjour, ma grand-mère demanda si l'argent avait été gagné honnêtement.

Je jurai sur tout ce qu'elle voulait que c'était le cas. J'ajoutai que sur la mer on gagnait bien plus que sur la terre ferme et promis de venir quelques jours plus tard. Puis je retournai à la beuverie.

Nous faisions la noce chaque jour. Il y avait au moins une douzaine de fous de mon espèce, tous pétris de farine de premier choix. L'argent ne nous intéressait pas, on regardait vers les lointains. On récitait du Norwid et du Essenine, on chantait de vieilles chansons de légionnaires ou des romances de Vertynski.

À cause de notre bande, des lycéennes du quartier où nous habitions se mirent à fréquenter le club de la Maison du marinier.

Les récitations de poèmes, le chant de vieilles romances, le parfum et le goût du cognac – tout cela se conjugua pour faire naître mon amour. Je tombai amoureux de Kinga, une lycéenne, fille d'un marquis d'avant-guerre qui, par quelque miracle, survécut dans notre système inhumain. Mais je n'en pris conscience qu'après avoir été saisi par l'amour.

J'abandonnai l'alcool pour retrouver mes esprits.

Au bout d'une semaine, je rassemblai mon courage et une heure durant j'arpentai la rue Wiosenna dans l'attente de mon élue. Elle arriva ; je pris un bonbon à la menthe pour ne pas avoir la gorge sèche et l'abordai :

– Je t'aime.

– Je suis marquise, répondit-elle doucement.

Elle n'avait même pas rougi, je n'aperçus nul étonnement dans ses yeux, seulement ses lèvres avaient pris une nuance bleue.

– Cette année je passe mon bac et ensuite je pars à Paris, à la Sorbonne. Je suis marquise, et toi tu es un simple pêcheur. Tu es peut-être un bon parti pour d'autres, mais pas pour moi. Pourtant, tu me plais. Oui, je ne vais pas le nier, tu me plais.

– Tu ne me laisseras pas même une étincelle d'espoir ?

– Non, même le cendrier est froid. À moins que...

– À moins que quoi ?

– À moins que tu signes le pacte satanique...

– Tu me prends pour un fou ?

– Non, je ne plaisante pas. C'est la seule condition. Je suis une sataniste.

– J'ai vécu chez les bolcheviks, je sais que Satan peut habiter les êtres humains...

– C'est vrai. Si tu signes, un de ses hommes nous mariera.

Ce n'est qu'à ce moment que je remarquai sa bouche : pendant qu'elle souriait, ses lèvres échappaient au contrôle des muscles du visage et perdaient leur symétrie.

– On ira à minuit au cimetière marin et tout sera arrangé dans la foulée. Tu peux devenir mon époux dès cette nuit. Tu signes et mon corps sera à toi.

– Tu parles sérieusement ?

– N'hésite pas, nous sommes faits l'un pour l'autre.

– Non ! Tout et n'importe quoi, mais ça, non !

– Alors, retourne à ta misère, péquenot !

Je me sentis blessé, mon cœur craquait sur toutes ses coutures. Mon grand amour se fracassait contre la noirceur démoniaque. Pourquoi cela m'arrivait-il à moi ? Je n'arrivais pas à le surmonter.

Je retournai à la Maison du marinier avec deux bouteilles de cognac et je commençai mon deuil. Je buvais à la russe, par grands verres entiers. Après le deuxième je me mis à pleurer, alors j'en bus un de plus, fourrai ma tête sous l'oreiller et les larmes m'emportèrent.

Dans la nuit on vint me réveiller – le chalutier repartait en mer – je refusai. Le matin, je démissionnai de mon travail sans préavis. En deux heures les formulaires furent remplis, les instances auxquelles je devais quelque chose apposèrent leurs signatures et on me délivra un certificat de travail.

Je fis mon sac et partis pour la gare. Le billet en poche, je fis un détour par le bar de Jurand. Il me servit, tout comme la première fois, une poignée de patates à pleine main et un steak haché.

– Et maintenant, tu vas où ?

– À Kokand.

– Salue de ma part tous ceux qui bouffent avec leurs doigts – et il retourna dans son arrière-cuisine.

Le lendemain j'étais déjà chez ma grand-mère Catherine. Dès le premier regard elle comprit que les choses allaient mal. Elle demanda :

– La police ?

Je fis non de la tête.

– Une femme ?

J'acquiesçai.

Ma grand-mère faisait tout ce qui était en son pouvoir pour me remettre sur pied. Tout ce qu'elle avait de meilleur était pour moi. J'avalais beaucoup d'infusions et de décoctions de plantes. Mais je ne parvenais pas à me relever, la grisaille m'étouffait.

Il fallut l'arrivée des grues au printemps pour que je me reprenne. De nouveau, j'étais sensible à la beauté des chevaux et au roucoulement des tourterelles. Je traînais sans fin dans les prés et les forêts. Le garde forestier s'inquiéta de mes promenades :

– Tu n'en as pas assez, de la forêt ?

– Je fais pénitence.

– Tu en as parlé avec le curé ?

– C'est une affaire entre Dieu et moi. Et personne d'autre.

Cela le raffermit dans son idée : j'étais fou. Il fit un geste de la main, enfourcha sa bicyclette et continua sa tournée. Il me cria seulement :

– Fais attention au feu !

Je ne répondis rien. J'allai du côté des prés dont le bord touchait à l'horizon. Ces centaines d'hectares de terre étaient à présent un polygone d'aviation soviétique. Je marchai jusqu'au conteneur de Sergueï, le soldat qui gardait l'accès à la zone interdite. Je lui rendais visite de temps à autre. Il était originaire du même village que le poète Essenine ; il me raconta bien des histoires concernant cette famille. Il aimait chanter, et moi j'adorais écouter ses airs nostalgiques. On se trouvait bien ensemble.

Mais cette fois je tombai mal. La porte du conteneur était ouverte et une jeune fille de ma connaissance, Hania, était étendue sur la couchette. Me voyant, ses yeux s'agrandirent et ses mains couvrirent sa bouche, comme pour l'empêcher de crier. Sergueï, caché par la porte, ne m'avait pas vu. Je fis demi-tour et partis vers le village, distant de quatre kilomètres.

J'étais à mi-chemin quand Hania me rattrapa. Elle marcha à mes côtés un long moment, ne sachant comment engager la conversation.

– Tu ne le diras à personne ?

– Tu l'aimes ?

– Non, j'en aime un autre, répondit-elle en rougissant.

– Muet comme une carpe !

– Jure-le...

– J'ai déjà fait un jour un serment. Ça suffira jusqu'à ma mort.

– Et moi, je jure de ne plus jamais y retourner – et elle leva une main solennelle.

– Ne jure pas, tu pourrais t'attirer du malheur, comme moi...

– C'était par désespoir...

– Je tiendrai parole !

Elle acquiesça de la tête et me sourit avec tant de chaleur que j'en eus chaud au cœur. En la quittant, je lui fis une bise sur la joue.

Ce baiser fit peut-être que je sentis quelque chose se débloquer en moi. Une somnolence m'envahit. Mes paupières devenaient de plus en plus lourdes. J'accélérai le pas.

Ma grand-mère n'était pas à la maison. Sans même ôter mon manteau, je me plaquai sur le sofa et m'endormis aussitôt.

Je ne me réveillai que le lendemain. Un sommeil ininterrompu de seize heures, pour la première fois de ma vie. Grand-mère Catherine s'affairait à la cuisine. Je me sentais vigoureux et immense comme le ciel. Toute la grisaille avait disparu.

– Je crois bien que je suis guéri, dis-je après un silence.

– Dieu soit loué. Toute la paroisse priait pour toi !

Une semaine plus tard j'étais prêt pour la route. La mer m'attirait de nouveau.

Stefka, la mère de Hania, une amie de ma grand-mère, raconta que son frère vivait à Szczecin et qu'il était quelqu'un d'important dans la navigation. Elle me donna une lettre de recommandation.

Une lettre qui valait de l'or.

La Rouquine

Cap sur Belfast. Personne dans notre équipage n'avait jamais fait escale dans ce port, pas même le capitaine, qui pourtant affirmait avoir été partout. Nous savions seulement qu'une guerre y battait son plein : l'insurrection irlandaise luttait contre l'Empire britannique.

Belfast nous accueillit dès le chenal du Nord. Un Zodiac se colla à notre bord, dix fusiliers marins sautèrent sur le pont. Contrôle de routine avant d'accoster en Irlande du Nord. Il s'agissait de professionnels de grande classe, ils vérifiaient même les tiroirs et les équipets. À l'entrée de la rade, le pilote nous rejoignit et dès l'accostage arriva la douane, la « brigade noire ». Notre agent dit au capitaine que l'accès de la ville ne nous était pas interdit, mais que lui personnellement déconseillait le débarquement à cause du danger.

Le port était entouré d'un mur surmonté de rouleaux de barbelés, comme une prison ou un camp de concentration. L'exil sibérien me revint en mémoire : là-bas aussi il y avait pléthore de barbelés. Il fallait que je voie les gens d'ici, mes frères cernés par le malheur et la cruauté de notre monde.

À trois heures, j'étais déjà dehors. J'avais derrière moi et l'exil et le service militaire dans les paras, et je saisis immédiatement dans le regard des passants la peur et une volonté illimitée, animale, de survivre. Partout on sentait la hâte, le temps intérieur coulait ici plus vite que le temps apparent. La loi de la Nature ne pouvait trouver de langue commune avec la loi de l'Empire ; absolues toutes les deux, elles poursuivaient des buts opposés : la Nature soutient la vie, l'Empire sème la mort.

Moi, j'avais vécu dans des circonstances similaires et après une heure de promenade je me sentais comme de retour à la maison, une maison quittée jadis, mais familière. C'était un terrain de jeu du chat et de la souris. Les souris avaient de bonnes cachettes, les chats – des griffes longues et acérées. La plupart des jeunes avaient sans doute envie de fuir ce lieu, mais seuls quelques-uns y parvenaient. Et puis, chaque ville a sa magie qui fait que les gens se mettent à croire qu'on est bien partout, mais encore mieux chez soi ; que la patrie, même dangereuse, est préférable à l'exil. Et qu'on n'a pas le droit de se laver les mains lorsqu'il s'agit du bien et du mal. Or ici chacune des deux parties avait une conception différente de la trahison et de l'honneur.

Je remâchais tout cela, et le goût en était amer. Je récitai « Notre Père » : la prière me remettait toujours d'aplomb. Je me sentis plus fort, plus en sécurité, plus près du ciel. Je percevais soudain le chant des oiseaux, je voyais les chiens et les chats, je distinguais les espèces des arbres et la couleur des fleurs.

J'entrai dans une rue fermée au trafic. Après une longue marche, fatigué, je m'assis sur un des bancs en bois qui divisaient la rue en deux. Après quelques instants, je sentis des fourmis dans le dos. Je tournai doucement la tête autant que possible. Mais personne n'était assis derrière moi. Je me levai et me retournai – le fourmillement apparut dans ma poitrine. Je n'avais jamais encore éprouvé cette sensation. En face de moi se dressait un magasin Woolworth. C'était de là qu'émanait l'étrangeté. À travers la vitre, j'aperçus une flamme mouvante.

« Le buisson ardent » – cette pensée me vint immédiatement à l'esprit. Je m'approchai, le nez sur la vitre j'aperçus un être dont le corps était un arc-en-ciel. Ma gorge sécha. Il me fallut un long moment pour retrouver mes esprits. Je frottai mes yeux avec une serviette rafraîchissante et entrai dans le magasin.

La jeune fille était assise à la caisse, ses cheveux légers rappelaient un feu de camp dans la steppe. Ses yeux étaient verts, avec des éclats de miel autour des prunelles. Une constellation de taches de rousseur ruisselait de son nez vers les joues. La Beauté m'avait frappé pour la seconde fois. J'entendis :

– Parle...

Mais je n'en étais pas capable.

Je sortis et revins avec des roses. J'en avais acheté vingt et une, le nombre fétiche d'un jeu de hasard. Je posai les fleurs à côté de la caisse. Sur son badge j'aperçus son nom : Grace O'Malley. Je dis :

– C'est pour toi.

– Merci ! En quel honneur ?

– Des roses pour la Beauté. Veux-tu sortir avec moi ?

– Tu es un étranger ?

J'acquiesçai d'un battement des paupières.

– Ne nous donnons pas en spectacle. Je travaille jusqu'à six heures.

Elle sourit et me congédia d'un mouvement des doigts.

Je sortis et m'assis sur mon banc. Le soleil avait déchiré les nuages et l'ombre du réverbère se coucha à côté de la mienne, comme un oiseau monstrueux. Je regardai ma montre. Il restait au moins cent ans jusqu'à six heures. Je partis droit devant moi.

Les pensées s'agitaient comme des chiots dans un sac. Il y en avait tant que je ne parvenais pas à en faire un tout harmonieux. Mais j'étais heureux, je savais que j'étais en amour. Pris de cette grande joie, j'entrai dans un pub pour commander un whisky sur glace.

Assis dans un coin sombre, je sirotais la boisson avec une paille. Je me concentrai sur le verre seulement. Peu à peu la tempête sous mon crâne s'apaisa, il ne restait que la mer du vent, et elle s'apaisait aussi. Et surgit la conscience de ce que la Providence avait mis sur mon chemin la Beauté. Or, le ciel ne fait rien sans nécessité. Et il force toujours l'homme à se lancer dans le vide sans aucune garantie. Tout dépendait de moi, de ma volonté. Je ne doutais pas de mon choix, j'étais un homme de Dieu. Mais l'être humain est un inextricable mélange, l'âme chante, mais le corps grince – il faut du temps pour que les charnières s'ajustent. L'homme tout comme l'univers est incomplet, toutefois nous naissons non pas pour mourir, mais pour accomplir quelque chose, pour changer le monde. La Beauté venait de surgir, alors il me fallait tout faire pour que chaque instant fût unique. Tout devait être neuf.

Elle sortit du magasin à six heures dix, pleine de feu et de joie. Les bras ouverts, elle se planta devant moi en disant :

– Me voici. Tu connais la ville ?

– C'est mon premier séjour ici.

– Alors, allons dans mon quartier. Que veux-tu me dire ? Tu me tombes du ciel et tu demandes un rendez-vous. Belfast est une ville dangereuse. C'est plein d'agents.

– Qu'est-ce que ça fait ? Je suis un marin. Polonais. Je suis tombé amoureux de toi au premier regard. Je ne sais rien de toi, mais tu es la Beauté, et je suis à toi.

– Tiens donc, tu es à moi ?

– Je sais que c'est étrange, mais je suis ainsi. Je suis de ces êtres étranges.

– La Beauté ! Serais-tu prêt à m'épouser comme ça, à l'aveuglette ?

– À l'instant même.

– Et si j'étais une sorcière ?

– Mais tu ne l'es pas, répondis-je avec un sourire, sûr de moi.

– Qu'est-ce que tu possèdes ?

– Rien du tout, même pas moi-même, puisque je suis à toi.

– Tu es le premier fou que je rencontre dans ma vie. Que vais-je faire de toi ? De toute façon, tu vas partir demain ou après-demain. Alors que moi, il me faut quelqu'un auprès de moi. Il me le faut, surtout en ce moment. J'ai les nerfs qui lâchent.

Nous entrâmes dans un pub. Je commandai deux whiskies. Elle ne protesta pas. Elle but la moitié sur le champ, se mit à siroter l'autre avec une paille. Je me taisais. J'attendais que l'alcool réchauffe et détende Grace.

– Qu'as-tu décidé ? demandai-je quand de nouveau elle leva les yeux sur moi.

– Montre-moi ton passeport.

Je lui tendis mon livret de marin. Elle l'examina d'un bout à l'autre.

– Tu es mon aîné de six ans. C'est bien. Quand partez-vous ?

– Le tableau dit : lundi soir.

Elle luttait avec quelque chose, la ride entre ses sourcils se creusa. Elle tentait de résoudre un problème difficile, sans succès.

– Au diable la logique, ici elle ne sert à rien. La première idée est la meilleure. On se marie. Aujourd'hui même. Tu es d'accord ?

Je fis oui de la tête. Je n'avais pas la moindre idée de ce qu'il fallait faire ni si c'était même faisable. Comment on arrange les choses, ce choix fondamental d'une vie.

– Alors, on y va.

Prenant des raccourcis à travers des cours, nous allâmes chez un prêtre, un de ses cousins. Il était dans son presbytère. Grace entra seule dans le secrétariat. L'instant d'après, le curé ouvrit la porte et m'invita d'un geste de la tête. Je m'assis à côté de Grace.

– Polonais, je ne me trompe pas ?

– Oui. Je m'appelle Piotr. Piotr-Pawel.

Le curé reprit :

– Je ne peux pas. Ma conscience me l'interdit.

– Mais tu me le dois. Tu m'as embringuée dans la résistance. Je n'irai pas sans être mariée.

Il se taisait, luttait avec lui-même, les muscles de ses mâchoires jouaient.

– D'accord, tu as gagné. Pour Dieu et pour la Patrie.

– Alors, après la dernière messe. À huit heures et demie ?

– Tes parents sont au courant ?

– Non, il n'y aura que les témoins. C'est un souci pour toi, je le sais, mais tu me le dois.

On m'habilla d'un costume d'emprunt, avec tous les accessoires habituels pour une telle cérémonie. Grace aussi avait l'air d'une créature d'un autre monde. Je la regardais comme envoûté et je me pinçais à tout moment pour arriver à croire que c'était la réalité, que c'était ma Rouquine et non une apparition. Chacun a droit à un jour de chance, mais avec mon curriculum j'avais du mal à y croire. Pourtant, cela était... Je m'assis et récitai *Shema Israël*. Grace prit mes mains pour les serrer contre ses lèvres, après quoi elle m'annonça qu'elle venait de me dire tout ce qui la tracassait, qu'elle m'avait confessé ses péchés et ses secrets. Nous nous mariâmes à neuf heures, dans la cathédrale, devant un autel latéral que dominait le Sacré Cœur de Jésus.

Je priais souvent, comme un moine au désert, mais, comme tout marin, j'allais rarement dans des temples. J'étais à la fois gêné et heureux. Le mariage, ce sacrement fondamental, fut donné d'une manière si ordinaire que je n'en eus même pas la gorge sèche.

Après le mariage, nous allâmes dans un pub nous asseoir à une table pour six, le long d'un mur. Une bouteille de whisky (irlandais évidemment, personne ne buvait de scotch ici, à moins de chercher des ennuis) était déjà sur la table.

Après les toasts, tout le monde se mit à me regarder comme une apparition. Personne n'avait jamais entendu parler d'un pareil mariage ; ils ne savaient rien de moi, de notre rencontre, de ma déclaration et de tout le reste. Trois verres de whisky balayèrent toute la fatigue de ma journée. Je me mis alors à dérouler mon odyssée, en commençant comme d'habitude par la Russie soviétique. On m'écoutait avec intérêt, tout comme moi-même j'avais écouté jadis les contes d'un chaman dans l'Altaï. Et nous étions bien ensemble, comme si le temps n'existait pas.

Le propriétaire du pub connaissait la Rouquine et à entendre nos conversations il comprit ce qui était arrivé, alors il appela les parents de Grace. Ils surgirent dans le pub à onze heures passées. Ils nous jetèrent du riz ; il n'y eut pas une parole méchante, seulement des larmes et des vœux.

Le père de Grace s'assit à côté de moi. Maigre comme l'ombre de don Quichotte, pêcheur de père en fils. De l'espèce de ceux qui ne se laissent pas marcher sur les pieds. Cependant il n'avait aucune méchanceté dans le regard. Il me dit :

– Votre mariage m'a donné du fil à retordre. Ce n'est pas habituel, c'est contraire à toutes les traditions et à tout ce dans quoi j'ai grandi ; pourtant je ne suis pas capable de me mettre en colère. Tu es un marin, je suis un pêcheur ; la mer unit les gens aussi bien que l'histoire ou la nation.

À deux heures du matin les réjouissances prirent fin. Les parents et les témoins rentrèrent chez eux et Grace et moi sortîmes pour une promenade de nuit de noces. Ce fut son désir ; je n'avais rien contre, je n'avais pas sommeil. La Beauté marchait à mes côtés et je me sentais comme Tobie conduit par l'ange.

Nous entrâmes dans une ruelle mal éclairée. La Rouquine regarda tout autour avec attention, puis aperçut ce qu'elle cherchait et me tira vers le coin de la ruelle opposée. Nous nous arrêtâmes au croisement, dans l'ombre d'un bâtiment.

– De quoi s'agit-il ? demandai-je à voix basse.

– Silence !

La bouche contre mon oreille, elle dit :

– Toute notre famille appartient à l'IRA. Nous prenons en ce moment part à une action. Nous sécurisons un transfert d'armes.

Quelqu'un nous observait et s'approcha comme une ombre. La Rouquine murmura lorsqu'il fut à notre hauteur :

– Il est avec moi.

Elle saisit le pistolet-mitrailleur tendu par l'autre et défit le cran de sécurité. L'ombre traversa la ruelle vers l'endroit d'où nous étions venus et disparut.

Il ne fallut pas attendre bien longtemps. Dix ou quinze minutes plus tard, la voiture de livraison passa à toute vitesse. Elle disparut et le silence revint.

C'était réussi. Il n'y avait pas de poursuivants. L'ombre de l'autre côté de la rue surgit de nouveau, reprit l'arme et s'éloigna après un signe de la main. La Rouquine se colla aussitôt à ma poitrine, elle tremblait de peur, je sentais le rythme accéléré de son cœur...

Elle se calma au bout de quelques instants. Et murmura :

– C'est ma première action, c'est pourquoi...

Puis elle ajouta à haute voix, comme pour que le monde entier l'entende :

– Et maintenant, en avant pour notre nuit de noces ! On l'a méritée !

Elle courut en direction de l'artère principale. Je lui emboîtai le pas.

Nous étions déjà de l'autre côté lorsque retentit la salve d'un pistolet-mitrailleur. Une balle siffla à mon oreille.

La Rouquine s'arrêta, tourna la tête et s'effondra sur l'asphalte. J'étais juste derrière mais ne parvins pas à la soutenir. Agenouillé, je la retournai sur le dos. La robe de mariée se teintait de sang. Je posai un doigt sur son cou. Le pouls était rapide, de plus en plus rapide, et s'interrompit soudain. Je mis ma tête sur sa poitrine et sanglotai.

L'instant d'après je reçus un coup de pied. Je tournai la tête sans me lever. Deux soldats anglais se dressaient au-dessus de nous.

– Vous avez assassiné ma femme ! Vous avez assassiné la Beauté ! Toi, je te reconnais – je pointai vers celui qui avait des yeux de plomb. Il n'en existe pas au monde d'autres comme toi... Tu as abattu ma mère là-bas, à Kojevnikov. J'ai gardé en mémoire ton visage, serviteur du diable !

L'un des deux éclaira mon visage de sa lampe, l'autre d'un coup de crosse m'éteignit la conscience – exactement comme chez les Soviets.

Kidnappeur

Nous naviguions en direction de Hull, les cales pleines de ferraille. Le vent s'était levé dès le Skagerrak, au Danemark. Il souffle toujours là-bas, et comme nous étions en novembre, il ne pouvait que souffler fort. C'est ça la beauté de la mer du Nord. Une mer méchante, cruelle, mais riche ; jadis de l'argent des bancs de harengs, à présent du feu de pétrole et de gaz. Et aujourd'hui comme jadis, une tempête y chasse l'autre. Personne n'y peut rien et donc, tempête ou pas, le bateau doit avancer. C'est son lot, et aussi le nôtre à nous, les marins. L'homme est fait pour naviguer, de port en port, de la naissance vers la mort.

Nous avions sérieusement trinqué et parvînmes à l'embouchure de la Hamber avec du retard. La base des pilotes appelée par radio nous ordonna de tenir le cap au 284 et de mouiller l'ancre dès qu'ils nous le diraient.

Le bosco et l'officier de quart coururent vers la proue. Il ventait terriblement. La risée emporta la casquette du bosco, elle monta comme un oiseau pour ensuite s'abattre tel un faucon tombant sur sa proie, nous ne l'avons plus revue. Le crâne du bosco luisait comme une ampoule privée d'abat-jour.

– *Let go the anchor*, grésilla la VHF.

L'acier plongea dans l'eau. Cinq brasses. La cloche sonna cinq fois et une boule noire monta au mât – nous avions mouillé. La boule se mit à tournoyer comme un toton.

Le bateau pivota en s'orientant le nez vers le vent. Les haubans se mirent à chanter une berceuse. Le vent cinglait la peau d'une pluie glacée ou de neige. Dodo, l'enfant do...

Je rendis le quart et sortis sur l'aile de la passerelle, sous le vent. Du nord-ouest arrivait un déluge de nuages noirs. Du mercure, de l'acier niellé, des vagues d'argent et du vent argenté. Le charme des eaux anglaises en novembre, une sorte de *tohu et bohu*.

Je fumais, abrité par le coupe-vent. « La mer me parle en ce moment, pensai-je, elle veut me transmettre quelque chose et moi, je ne suis pas capable de comprendre son message. Pourquoi diable je ne comprends rien ? »

J'écrasai le mégot contre la filière et partis vers ma couchette me refaire une santé en dormant, compenser les nuits déchiquetées, paranoïaques, les nuits de tempête.

Je me bloquai à l'aide de couvertures roulées serré. Je ne pouvais dormir que sur le côté droit, et ce n'est pas une bonne position sur un bateau qui roule. Depuis tout petit j'avais des problèmes de sommeil et, pour survivre, il me fallait trouver des moyens de m'endormir. La mer est un lieu difficile pour ceux qui ont une sensibilité exacerbée. Je fermai les yeux et comptai les moutons, je les comptai sans cesse et, comme toujours, je finis par parvenir aux eaux calmes et vertes. Larguant les amarres, je partis.

Berceuse. D'un bord l'autre, et encenser de la proue. La tempête se déchaîne, même dans la cabine on l'entend siffler. Ce n'est peut-être qu'une illusion, mais j'entends : sans cesse des visions, des mirages... Cette fois-ci, ce devait être un vrai rêve. Oui, certainement. Je rêvai de mon grand-père dont je gardais le souvenir d'après une photo que Beauté avait sauvée de la destruction. Nous étions assis, face à face. Il me narrait l'histoire de ses aïeux, de son grand-père à lui, qui portait un poignard à la ceinture comme tout montagnard dans le

Caucase. Il me racontait que nous venions de la tribu de Nephtali, qui avait été la première à être déportée d'Israël jusqu'au pied du mont Ararat.

– Les Assyriens nous avaient emmenés jusque-là, sans toutefois nous enchaîner, nous n'étions pas des esclaves. Et notre espoir de retourner vers Israël ne s'était jamais éteint. Les temps étaient durs, mais on survivait. Jusqu'à l'arrivée des Turcs, quand nos malheurs commencèrent. Car alors une guerre éclata, et le massacre. On tuait les Arméniens et on nous tuait aussi. Nous fuyions plus loin, plus haut. Trois fois les Turcs nous massacrèrent, Dieu ne le leur pardonnera jamais. Ne sommes-nous pas inscrits dans la Torah, n'est-ce pas par la Torah que nous cheminons ? Et la Torah nous mena jusqu'en Ukraine, en Podolie ; nous finîmes par y arriver avec nos tapis. Là, on ne nous tuait pas. Et nous y rencontrâmes les Judéens, qui sont des renards rusés et des miséreux aussi. Ce fut une étonnante rencontre. Ils nous avaient oubliés, comme nous les avions oubliés. Mais ce n'est pas de cela que je dois te parler, ce n'est pas pour cela que je visite ton rêve. *Nephtali* se traduit par « lutte », et je te vois lutter contre toi-même tout comme la mer lutte contre la terre. Et tu oublies l'essentiel – la descendance. Notre lignée se termine avec toi. Ne nous déçois pas ! Tu n'es plus tout jeune et tu n'as toujours pas de fils. Ce n'est pas dans nos mœurs !

– J'avais bien tenté, mais sans succès. À présent j'aime les livres.

– Jacob le patriarche dit : « Nephtali est une biche élancée, il est source de belles paroles. »

– C'est donc de là que vient mon penchant. La tribu, je l'ai oubliée, pardonne-moi.

– Mais la femme est aussi un livre. Et c'est un ordre de Dieu.

– Je le comprends, mais tu sais quelles montagnes se dressent devant moi.

– Moïse monta sur le mont Horeb, et ensuite sur le mont Nébo. Les montagnes et la vie sont là pour que nous escaladions, pour nous hisser plus haut. Je reviendrai te visiter avec Beauté quand tu auras un héritier. Nous t'aiderons à l'élever.

Nous entrâmes dans le port le matin, vers les dix heures, et tout de suite sous les grues de déchargement. J'étais du quart portuaire, il me fallait être sans cesse sur le pont. Le temps était écossais, quand la pluie tombait plus dru, les dockers cessaient le travail, je devais fermer les cales, et un quart d'heure plus tard les découvrir de nouveau. Et déplacer les panneaux, sur les ponts supérieur et inférieur. J'étais complètement éreinté. Après mon quart, j'eus envie de calme, d'un coin tranquille où siroter un verre dans le silence. Des endroits comme ça, il n'y en a pas sur un bateau, et je partis en ville. Après l'aventure arrivée à Perth, je n'entrais plus jamais dans le premier pub rencontré. J'entrai donc dans le deuxième, un peu minable. Il était presque cinq heures et le pub était vide, peut-être parce qu'il n'y avait pas là de table de billard, juste quatre tables avec des bancs en bois et un comptoir.

– Un double, avec de la glace.

– C'est dur ?

Il me regarda dans les yeux et fit lui-même la réponse :

– Et pour qui c'est facile en ce moment ? Quand tu as un bon business, c'est ta femme qui est mauvaise – on ne trouve plus de filles comme il faut, elles ont toutes déjà des gosses.

– Mais l'amour est sincère...

– Ne m'énerve pas, je suis de mauvais poil.

– Bien, bien.

Je m'assis à une table. Levant mon verre, je me mis à me délecter de son arôme et, une fois rassasié, je pris quelques gouttes sur la langue pour que la saveur s'unisse au parfum. Quand cela fut, je fermai les yeux et, après quelques instants, je vis de gros prismes de tourbe qui séchaient, puis des bruyères écossaises pleines de vent et de vaches velues, à moitié sauvages. Ensuite mon esprit m'emporta dans les montagnes. Sur un des sommets j'aperçus le grand-père Nephtali qui m'avait cette même nuit visité en rêve. Il me fit un signe de la main.

Une journée grise, il bruine, le vent siffle. Une journée triste, mal faite pour les humains. Lors de telles journées on ne peut trouver la joie que dans les cœurs. Je descends des montagnes et frappe à la porte de la poésie. Elle s'ouvre aussitôt en grand. Je me mets à réciter des vers de Constantin Cavafis.

... Donne – je l'exige – à ton œuvre toutes tes forces,
Tous tes soins. Et garde ton œuvre en mémoire
Et à l'heure de l'épreuve et au moment où ton destin penche.

Toute joie dure peu, tout comme le silence et le bonheur. La porte claqua, le vent s'engouffra à l'intérieur et avec le vent une femme avec un enfant dans les bras. Les paroles du grand-père Nephtali me revinrent aussitôt en mémoire. Elle jeta un coup d'œil au barman, puis s'approcha de moi et posa le petit sur ma table. Elle avait de grands yeux sombres, pleins de tristesse. Des cheveux noirs s'échappaient de son bonnet de laine.

– Gardez-le-moi, je dois aller aux toilettes – et elle disparut rapidement derrière une porte verte.

L'instant d'après, l'enfant se mit à pleurer ; je le pris dans mes bras et lui mis sa tétine dans la bouche. Il se mit à téter avec avidité.

C'est alors que fit irruption un homme en bras de chemise, complètement trempé. L'eau ruisselait des mèches de ses cheveux.

– Sarah ! Est-ce qu'elle est venue ici ?

– Elle est aux toilettes, répliqua le barman, et il pâlit soudain.

L'homme se dirigea vers la porte verte. L'instant d'après, on y entendit des coups, le craquement du contreplaqué brisé et ensuite un coup sourd.

L'homme sortit seul, s'approcha du comptoir.

– Verse-m'en à ras bord. J'ai tué la sale juive, dit-il d'une voix qui tremblait.

– Tu n'as rien fait de bon, mon fils, grogna le barman, et il lui remplit un verre.

L'émotion me fit vider d'un coup mon godet. Je me mordis la lèvre pour ne pas hurler. Quand l'homme posa sa tête sur le zinc et la couvrit de ses mains, je fis signe au barman et demandai dans un murmure :

– Que faire du gosse ?

– Sauve-toi avec, sinon il va le tuer aussi. Tout le malheur est venu de ce bâtard.

Je pus sortir sans attirer l'attention.

Je connaissais la ville et me dirigeai vers le commissariat. Dans ma tête les pensées tourbillonnaient, la réalité et le rêve s'entremêlaient, le froid et les tropiques. Je ne parvenais pas à y faire face, or il le fallait.

Lorsque je fus arrivé devant le bâtiment de la police, mon enfance soviétique surgit dans ma mémoire, le séjour dans un orphelinat, la froidure, la saleté, les cafards. Avec tant de force que j'abandonnai l'idée d'y entrer ; ma conscience l'interdisait. La police, toute police sert une cause, elle ne défend ni les enfants ni les pauvres d'esprit. Et je retournai au bateau.

Je montai la coupée doucement mais l'homme de garde m'entendit et sortit en courant du carré.

– Ah bon, c'est toi. Qu'est-ce que tu as acheté ?

– Une poupée pour ma filleule.

– Elle est jolie, avec son couffin...

J'allai voir le capitaine. Il était seul. Je posai l'enfant sur la table. Il me regarda avec curiosité.

– C'est quoi, ça ? Un cadeau ?

– Oui, un grand cadeau – et je lui racontai ce qui était arrivé dans le pub.

– Et qu'as-tu l'intention de faire de ce cadeau ? C'est une affaire bigrement sérieuse. Assassinat, enlèvement... Seigneur Dieu !

– Un enfant doit avoir un père, dis-je en mettant l'accent sur « doit ».

– Et sa famille ?

– Je l'ai déjà dit – ils ne veulent pas de ce bâtard. Livrer un gosse à l'orphelinat est un terrible péché. Je vais l'élever moi-même, je n'ai pas d'enfants.

– Ni de femme !

– Oui, c'est vrai. Eh bien, je vais me marier – Nephtali me revint en mémoire.

– Tiens donc ! Où est la fille qui voudrait de toi avec un gosse ? Quel romantique ! Tu n'as pas de femme, mais moi, j'en ai une. Et j'ai aussi une idée, une idée phénoménale. Appelle le cuistot.

Je revins avec le coq. Le capitaine l'interrogea :

– Tu as des gosses, toi, alors dis-moi : quel âge peut avoir celui-ci ?

Le cuistot, un atlante de chair avec des yeux bovins dans lesquels le monde se reflétait sous divers angles comme dans un diamant soigneusement taillé, gonfla ses lèvres sanguines, leva les sourcils, ouvrit la fermeture Éclair, souleva la chemisette, jeta un coup d'œil sur la couche-culotte et ensuite vers le capitaine :

– Dix-huit mois à deux ans...

– Merveilleux ! Et de quoi nourrit-on un pareil petit, et est-ce que tu as ce qu'il faut à bord ?

– Pourquoi, il part avec nous ?

– Oui, mais tu n'en dis mot à personne.

– C'est un tout-petit, il faut acheter plein de trucs. Moi, ici, je n'ai que du lait et du gruau.

– Alors, fonce en ville. Achète ce qu'il te faut – le capitaine ouvrit le coffre-fort et tendit des billets. Et vérifie bien tout, désormais tu es responsable de sa santé. Tiens-le-toi pour dit, sinon tu auras affaire à moi.

L'autre acquiesça et partit. Le capitaine sourit, visiblement à ses propres pensées, car il ne regardait ni l'enfant ni moi. Puis son index frappa ma poitrine :

– Ce sera mon premier-né, Adam. Tu comprends ça, mon gars ?

– J'essaie. Qui sauve une vie, sauve l'univers entier.

– Qui a dit cela ?

– Rabbi Akiva, si je ne me trompe pas.

– Mon père a sauvé des juifs au temps de l'occupation. Je ne peux pas le décevoir.

– Les juifs, il faut les sauver. Ce sont des êtres de Dieu. Ils sauvegardent la Bible depuis trois mille ans. Ils la copient à la main, lettre après lettre. C'est incroyable, mais c'est vrai.

– Oui, c'est incroyable. Ma femme sera folle de joie. Pourvu qu'on réussisse, sinon ça ira mal pour nous...

Et nous réussîmes. Nous parvînmes à faire franchir à Adam la douane anglaise et la douane polonaise. Personne dans l'équipage ne nous dénonça. Compte tenu de l'époque, ce fut un vrai miracle.

Un mois plus tard, nous accostâmes de nouveau à Hull. Pendant la pause de midi, je fis un saut en ville pour acheter un treillis militaire – la meilleure tenue de travail au monde, je l'avais personnellement testée.

J'entrai dans une boutique et me figeai de stupéfaction. Le vendeur était l'assassin de Sarah. Je n'étais pas seul dans le magasin et il ne remarqua pas l'expression de mon visage. Je l'examinai plus avant du coin de l'œil. Il n'y avait pas de doute – c'était lui. La tache lie-de-vin sur sa joue témoignait contre lui. Je me mordis les lèvres, choisis ma taille, payai et sortis. Mon cœur avait perdu son rythme habituel. Je me sentis aussi mal que jadis, quand l'homme du NKVD avait abattu Beauté sous mes yeux.

J'eus du mal à me traîner jusqu'au bateau. Dans ma cabine j'avalai un demi-verre de Jeannot-le-Promeneur et, un peu calmé, partis voir le capitaine.

– L'assassin de Sarah est en liberté.

– Et son père ?

Je haussai les épaules :

– Je ne peux pas aller là-bas.

– Ne t'en fais pas, désormais c'est mon affaire. Je vais régler tout ça selon les lois de Dieu. Il ne faut pas encourager les assassins, sinon ils finiront par nous faire manger de la merde. Et, tu sais, les bolcheviks, nous leur réglerons aussi un jour leur compte. Mais ça, on n'en parle pas !

– Merci, capitaine. Alors, je peux aller me soûler.

– J'autorise.

Le capitaine

Le capitaine était partout, il connaissait tout le monde, nous tutoyait tous sans exception et voulait qu'on l'appelle capitaine, sans préfixe, suffixe ni particule.

Il avait été jadis le patron d'un bateau de pêche et avait eu beaucoup de chance ; il était capable de trouver du poisson même là où il n'y en avait pas, de le débusquer pour le mettre dans ses cales. Ce qui est un art difficile.

Il avait pêché dans les eaux de l'Atlantique nord et dans les mers voisines, des eaux tempétueuses, démentes et glaciales. Pourtant, toute veine finit par s'épuiser un jour. Du côté de l'Islande, il prit dans ses filets une morue de deux mètres. Un phénomène ! Il descendit de sa passerelle pour la voir de plus près. Et ce vieux vétéran des mers arctiques, couvert de cicatrices et de blessures, lui parla :

– Tu ne tueras point !

Les poissons sont muets, celui-ci parlait. Les cheveux que le vent frais agitait tentaient de se dresser sur sa tête et en tout cas se raidirent comme des fils de fer. Le capitaine ordonna de rejeter la morue à la mer.

– Laissons-la mourir de mort naturelle !

L'ordre fut exécuté, mais de nouveau le capitaine entendit :

– Tu ne tueras point !

L'équipage était amer. Ils auraient voulu apporter le trophée au musée de la Pêche, où il aurait été exposé avec une plaque en laiton précisant où il avait été attrapé et par quel chalutier. Leur chalutier à eux. Et puis, quel spectacle au moment de l'arrivée au port !

– Elle demandait merci ! Vous n'avez pas entendu ? Comme au catéchisme, elle a dit : « Tu ne tueras point » !

Hormis lui, personne n'avait rien entendu.

Il avait toujours été fier d'être un pêcheur, métier évangélique tout de même. Saint Pierre avait été un pêcheur, et André, et les fils de Zébédée ; plus de la moitié des apôtres étaient pêcheurs. Et soudain cette histoire ! « Ça m'a secoué ! », répétait-il constamment. L'événement le fit grisonner, lui donna des cauchemars. Chaque nuit il rêvait de poissons, il était un parmi eux, pris dans des filets, éventré, salé ; il étouffait, saignait, souffrait un martyre sans fin. Lui qui avait pris tant de poissons, qui avait eu un tel flair pour les débusquer – il avait été le meilleur, tous les gosses répétaient son nom. Quelle joie, être une légende vivante ! Mais la conscience de l'homme ne dort pas et sait sonner le tocsin.

Un mois plus tard ils revinrent au port, les cales pleines. Il était devenu blanc comme les colombes, d'une blancheur argentée, et ses yeux gris se voyaient de loin. Leurs petites étincelles s'étaient éteintes. L'examen de conscience s'était déclenché. Il se souvint aussi que, par sa faute, deux hommes avaient péri. Il avait chaluté dans la tempête, une vraie fête, mais la difficulté avait commencé au moment de hisser le chalut – les vagues balayaient sans cesse le pont. Et une de ces scélérates emporta deux pêcheurs. Le temps de finir de hisser les filets, ils n'étaient plus là. On repêcha deux cadavres. Ma faute, mon péché, je n'avais pas à chaluter dans la tempête. La cupidité ? La bravoure ?

Je savais, moi, beaucoup de choses concernant le capitaine, ce qu'il racontait lui-même en public, souvent sur la passerelle, et aussi pour avoir écouté ceux qui avaient navigué avec lui plus longtemps que moi, et sur d'autres bateaux. Il dormait peu, traînait partout même la nuit, tel un fantôme ; il débusquait toutes les traces de rouille, toutes les cloques de peinture qu'il montrait au bosco le matin.

– Le bateau doit ressembler à une jeune mariée, quels que soient son âge et sa cargaison, grommelait-il.

Il rendait difficile la vie du maître d'équipage et des matelots. Notre chance était dans le système à trois quarts tournants, pourtant même ainsi ce n'était pas le bonheur. Le second ne voulait pas s'opposer au capitaine, cédait sur tout et nous imposait des heures supplémentaires, avec la promesse de primes, qui n'étaient que des mots. Et celui qui refusait devait quitter le bateau.

Quelqu'un avait dit au capitaine que moi aussi j'avais navigué sur des chalutiers, dans les mêmes eaux tempétueuses que lui. Il me demanda si c'était vrai. Je confirmai et nous n'en reparlâmes plus jamais. Toutefois, je constatai un jour qu'il m'avait en ligne de mire. Quand je travaillais sur le pont, le regard du capitaine me balayait sans cesse, qu'il fût dans la timonerie, dans la cabine ou sur l'aile de la passerelle.

Mon quart de navigation prenant fin à minuit, il passa à plusieurs reprises dans ma cabine. Il frappait à la porte, ouvrait, jetait un coup d'œil, et sortait avec un hochement de tête, sans un mot. Je sentais qu'il voulait poser une question et n'osait pas ; peut-être était-elle trop évidente et aurait prêté à sourire. Et peut-être entrait-il avec de tout autres intentions. L'homme est un grand mystère.

Le capitaine avait un autre défaut : des beuveries qui duraient une semaine le prenaient subitement, inattendues, et toujours de nuit. Quand sa porte était ouverte, chacun savait que la noce avait commencé et évitait l'entrée principale de la passerelle.

Sept jours durant, le capitaine ne mangeait rien, ne buvait que du whisky avec de la glace et traquait des auditeurs dans les coursives, ou bien il parlait avec des créations de son imagination. Ce qui avait des allures parfois comiques et parfois tragiques ; il était ainsi capable d'inciser son bras et celui de l'accidentel compagnon afin de mêler leurs sangs à la manière des Indiens.

Comme les marins l'évitaient comme la peste, il établit un graphique des membres de l'équipage de pont, parce que selon lui seuls les matelots étaient le pain de la mer, les autres n'en étant même pas le sel.

Mon tour vint aussi, cependant ce n'est pas moi qu'il convoqua mais le bosco. J'en fus content, mais pas le second, qui pendant le séjour au port, à cause de la beuverie du capitaine, avait le double de travail. Aussi avait-il absolument besoin du bosco.

Content ou pas, il me fallut y aller – pour la première fois. J'avais goûté de la gnole en Russie quand j'avais à peine cinq ans, l'ivresse ne m'était pas étrangère et parfois même – indispensable. L'alcool était comme de la glaise avec laquelle je bouchais les trous béants, ouverts par la réalité, il m'aidait à me garder de la folie.

– Me voici, capitaine – et je m'assis en face de lui. Verse donc ! Et je chantonnai en russe :

Bah, on va boire, on va s'amuser,
Et quand la mort viendra, on va crever...

– Ferme ta gueule, bolchevik ! Tu n'es pas Caruso ! Je te reçois par nécessité, faute de grives... C'est plus gai en compagnie – et il heurta son verre contre le bord du mien, qui résonna. Un verre toutes les cinq minutes, et sans tricher, sinon tu quittes la compagnie et tu n'auras pas ta part. C'est clair ?

J'acquiesçai de la tête.

– C'est la première fois que tu es assis ici, alors dis-moi, pourquoi tu es parti en mer ?

– L'eau est plus vaste que la terre ferme. Depuis mon enfance je cherche quelque chose au loin, au-delà des brouillards, des rêves, du goût du sel et du lointain.

– C'est la première fois que je rencontre un marin qui lit la Bible – et son verre heurta le mien – et pourtant, tu n'es pas circoncis. Je le sais, j'ai ordonné qu'on t'espionne. Oui, oui, c'est pas joli... Pourquoi veux-tu mordre sur l'autre monde, alors qu'il ne nous est donné que la mer et les ports étrangers ?

– Il y a tout dans la Bible. Quand quelque chose ne va pas, je la prends et je me retrouve.

– Et autre chose encore, qu'est-ce que tu grattes dans ton cahier ?

Il leva les sourcils, montrant le blanc de ses yeux sillonné de nettes veinules et comme couvert d'un dépôt jaunâtre. Le noir de ses iris changeait sans cesse d'intensité, depuis le mat de la suie jusqu'à l'éclat du plomb. On n'y voyait pas le jour.

– Qu'est-ce que tu grattes, et qui vas-tu dénoncer ?

– Je ne dénonce pas, j'écris un livre. Je note.

Et j'avalai une grande gorgée. Il en fit de même.

– Le livre c'est ma patrie. Chacun a besoin d'une patrie. Je viens des Confins ; la terre où je suis né appartient à présent à la Russie, je n'ai donc plus de patrie. Du moins c'est ce qu'on me répète, même le capitaine m'appelle le Ruskoff... Ce livre sera ma patrie, c'est pourquoi je l'écris lentement, pour ne rien omettre d'essentiel. Si je ne le faisais pas, je boirais à mort.

– Je déteste les livres, et la Bible tout spécialement.

Il répliqua d'un ton ferme, grinça des dents, se versa un verre et le vida. Puis il me regarda avec tant de haine que j'en eus froid dans le dos.

– Ce Dieu, que tu vénères, m'a privé du sens de ma vie. Il m'a privé de pêche, de ma passion, de ce que je faisais le mieux. Tu peux comprendre ? J'étais celui qui en attrapait le plus, j'étais le meilleur ! Ici je suis juste un capitaine comme il y en a des milliers – qu'est-ce qu'on peut être de plus dans la flotte ? Un maniaque, un bizarre. C'est une terrible punition que d'être capitaine d'un bateau de commerce.

– La mer ne te suffit pas ?

Je regardai son visage avec attention. Il n'avait pas de rides de sourire, juste trois profonds sillons, un horizontal au front et deux verticaux sur les joues.

– Non, la mer seule ne suffit pas. Moi, je flaire le poisson, je vois les bancs de loin, comme si j'étais un Sonar. Pêcher des morues, des harengs, des soles, des maquereaux – voilà mon bonheur. J'y prenais de la joie, je me sentais utile, tout le monde m'aimait et moi aussi j'aimais les autres. À présent je n'aime personne, même pas moi-même.

– Si un poisson, qui n'a pas de parole, t'a prévenu d'un malheur, tu devrais te sentir distingué. Quelqu'un a pensé à toi. Tu avais épuisé ton contingent.

– Cesse de philosopher, tu fais fausse route. Je te hais parce que tu lis la Bible et que tu écris ta patrie et que tu cherches ta Rouquine. C'est comme si tu avais un chalut derrière toi, que tu fixais les vagues, les mouettes, l'horizon, en consultant le Sonar... Tu possèdes exactement ce que j'ai perdu, moi, et que je ne retrouverai jamais. Tu comprends ?

Je fis un oui de la tête.

– Et pour cette raison une pensée fixe m'est venue : te tuer. Quand je te regarde, les souvenirs affluent, et la souffrance. Le désespoir, la peur, l'envie et la haine, et le diable seul sait quoi encore.

– Capitaine, tu t'enfoncerais dans un marécage encore pire. L'assassinat n'a jamais rendu quelqu'un heureux – je parlais sans être ému par ce qu'il venait de dire.

– Quand je venais te visiter la nuit, tu te souviens, c'était pour te régler ton compte. Apparemment, je n'étais pas encore prêt.

Il sortit de son tiroir une enveloppe grise et en déversa le contenu sur le canapé. L'émotion me figea, mon cœur cessa de battre. Il y avait là mon carnet et ma Bible. Il me les avait volés, et juste dans l'heure précédente.

Sous mes yeux il mit en pièces mon carnet – et moi, je ne pouvais réagir alors que je le voulais ; j'écumais littéralement et en même temps j'étais pris de faiblesse, comme si quelque force mauvaise m'avait enchaîné à mon fauteuil. Il déchirait et jetait les lambeaux à la mer par le hublot ouvert. Il en fit autant avec ma Bible.

Quand il acheva son œuvre de destruction, j'eus la certitude que lui et ses semblables allaient détruire la Beauté et que le monde n'y résisterait pas.

– Désormais je n'hésiterai plus, à la première occasion je te tuerai. Prends garde à toi, vagabond !

Je frissonnai. Ma stupeur céda, je me levai et partis voir le second. Je lui racontai la menace.

– L'affaire est délicate, murmura-t-il, saisi par la gravité de l'information. Et je ne sais pas par quel bout la prendre. C'est sûr, au bureau on ne me croirait pas... Le mieux serait que tu démissionnes. Dans trois jours nous rentrons au pays, fais très attention d'ici là. Trois jours, c'est vite passé...

Le clandestin

Un nouveau capitaine, Leszek Fazi, un antisémite acharné, monta à notre bord. Dès le premier jour, un des bolcheviks de l'équipage eut l'amabilité de l'informer de mes racines et de mes origines. J'étais de garde à la coupée, je fus convoqué au salon. Il m'attaqua tout de go :

– Tu es un juif.

– Je suis un israélite du Caucase. De ceux qui vivent sous le mont Ararat, qui portent un poignard et qui savent s'en servir – ma réponse fusa avec hardiesse.

Elle le surprit. Elle était peut-être trop longue par rapport à la question, et d'une tonalité différente de celle à laquelle il s'attendait, car il ferma les yeux avant de les frotter de ses gros doigts, comme s'il ne pouvait croire qu'elle avait été lancée par le matelot chétif qui se tenait devant lui.

– Et tu as un poignard comme ceux-là ?

– Oui, héritage de mon grand-père Nephtali. Les Turcs ont voulu nous tuer. À trois reprises – nous et les Arméniens. Celui qui n'aime pas Dieu tue des juifs. La Bible nous met en garde contre les Nimrod et les Amalek.

L'expression de son visage me fit comprendre qu'il n'avait pas saisi de qui et de quoi je parlais. Il n'avait jamais ouvert les Écritures. Complètement dérouté, il dit à voix basse :

– Si tu veux éviter des ennuis, démissionne. Je hais ce peuple.

Moi, tout m'était égal ; j'avais cessé d'avoir peur. Ce type n'avait rien d'un capitaine de bateau.

– Tout le monde n'est pas capable d'aimer. L'amour est le frère de la conscience.

– Je te conseille gentiment – démissionne.

– Je ne vois là aucune gentillesse. Je suis ce que je suis. Pour faire licencier quelqu'un, il y a le bureau.

Il fit un geste comme pour me faire sortir. Je ne bougeai pas. Je le regardais droit dans les yeux. Il ne put soutenir le regard, mais se retint d'éclater et regarda vers la fenêtre. Puis il murmura tranquillement :

– La conversation est terminée.

– J'ai été très honoré – et je repartis vers ma coupée avec un signe de la tête.

Il ne renonça pas, un quart d'heure plus tard il descendit la passerelle dans son uniforme de gala et se dirigea vers le bureau situé derrière le portail. Je n'avais plus d'illusions – il allait tenter de m'éliminer.

Toutefois, les choses n'allèrent pas comme il le voulait. La préposée aux effectifs n'avait aucun matelot expérimenté disponible : même si j'avais voulu partir de moi-même, cela n'aurait pas été possible. « En revanche, dit-elle, j'ai trois capitaines en réserve, si vous ne voulez pas naviguer avec lui, libre à vous... » La coursière du bureau, Hania Smieszka, avait entendu la conversation et s'empressa d'accourir vers ma coupée pour me la rapporter. Je la remerciai en promettant des dentelles et du tulle lors du prochain voyage.

Le capitaine ne revint au bateau qu'une heure plus tard, sombre comme un nuage de grêle. Il passa près de moi sans un mot, mais ne put digérer sa défaite et revint sur ses pas :

– Tu bois ?

– Comme tous les marins. L'alcool, c'est notre médecine à nous !

– À partir de maintenant, plus une goutte.

– À la grâce de Dieu. Mais ça, ce n'est pas dans la morale prolétaire.

Nous terminâmes le chargement à seize heures. Des planches de bois, liées en paquets par des rubans d'acier. Le bois est léger, par conséquent, une fois les cales remplies, on en chargea sur le pont trois couches supplémentaires ; on les couvrit avec des bâches et on les attacha d'un bord à l'autre par des filins métalliques.

À dix-huit heures nous sortîmes en mer. Nous naviguions vers Hull. On nous avait ordonné de passer par le Skagerrak pour éviter de payer les droits du canal de Kiel. Pratique habituelle, quoique peu agréable en automne et en hiver. Il n'y a pas de mouillages dans ces parages, il faut toujours avancer, avec le vent ou contre lui.

Il faisait plutôt froid en cette seconde moitié de mars ; dans la Baltique, les gouttes se figeaient sur le pont, et au gré des nuages, la pluie ou la neige nous cinglaient. Dans le Kattegat et dans le Skagerrak, le temps se leva, tout devint inhabituel. Le soleil parut, son éclat posait sur l'eau couleur de mercure un fleuve lumineux, changeant les petites vaguelettes en breloques d'argent.

Mon quart se termina à huit heures du matin et je sortis sur l'aile de la passerelle. Le bleu avait disparu. Le ciel était couvert de gris, d'un plomb tantôt brillant, tantôt mat. Les nues déchiquetées faisaient penser à une rivière déferlant sur une pente. Tout se déchirait, se recollait et grossissait pour encore s'éparpiller comme les plumes d'un oreiller troué. « Tout coule, pourtant il doit y avoir quelque chose de stable, de sûr, ce n'est pas l'univers qui est fou, ce n'est pas la mer, c'est l'homme qui pense ainsi... »

Aï, aïaïaï, aïaïaï, bim bam bom... En descendant dans le carré prendre le petit déjeuner avant d'aller retrouver ma couchette, je me mis à fredonner l'air d'une chanson flamenca. Un vent de force huit soufflait déjà, qui, selon la météo, devait grossir jusqu'à neuf et même atteindre dix. Donc, je préférais m'endormir vite. Et, cette fois-ci, je réussis. La Rouquine me berça, je pensais à elle. Cette fille me manquait tant, elle avait laissé derrière elle un tel abîme que je fuyais les femmes qui me faisaient des avances. J'en avais conscience, mais ne parvenais pas à me dominer. Je ne pouvais me forcer, c'était ma nature.

On me réveilla pour le déjeuner, alors que je ne l'avais pas demandé. Mais puisque je ne dormais plus, je m'habillai et allai au carré. Et là j'appris pourquoi on m'avait réveillé. Il y avait un clandestin à bord du bateau. Une nouvelle sensationnelle, d'une formidable importance. Dans les yeux de tout le monde se tapissait la peur[1].

Quand le steward m'apporta le plat principal, je lui dis :

– J'ai une blague à te raconter.

– Tout, mais pas ça, fut sa réponse et il sortit vite de la pièce.

L'instant d'après il était de retour :

– Le capitaine te convoque ! Tu pourras la lui raconter, ta blague. Il y a un clandestin à bord et lui, il a envie de rigoler. Connard, va !

J'y allai. Autour de la table il y avait le capitaine, le second et le clandestin – un docker du port que je connaissais de vue.

– Et donc, tu es fait, c'est pendant ton quart à la coupée qu'il s'est caché à bord. Moi, je t'avais proposé gentiment de démissionner. Ce coup-ci, tu vas le sentir passer, israélite !

Ses yeux froids et triomphants me vrillaient.

– Holà, holà, répondis-je. C'est un grand mensonge, ça. J'ai transmis le quart à Filut à seize heures. Je connais les devoirs du préposé à la coupée. Je ne garde pas les laissez-passer dans leur boîte, je les tiens dans ma poche. Non, ce n'était pas pendant mon quart, ce n'est pas moi qui lui ai délivré un laissez-passer ni ne l'ai porté dans le livre. Il n'y a qu'à vérifier l'écriture. Je connais mes devoirs et je sais compter !

Je me tournai vers le clandestin :

---

1. Dans les années cinquante, un passager clandestin sur un bateau polonais était considéré soit comme un espion, soit comme un « ennemi du peuple » en fuite. En tout cas, un danger grave, et l'équipage était automatiquement soupçonné de connivence.

– Allons, est-ce pendant mon quart que tu t'es caché ? Ne mens pas, tu risques de t'enfoncer encore plus.

– Non, ce n'est pas pendant ton poste. Tu es trop vigilant, tu vois tout...

On convoqua Filut.

– Était-ce pendant son quart à lui ? demanda le second.

Le clandestin confirma de la tête.

– Et donc, capitaine, il n'y a pas à tortiller et à chercher midi à quatorze heures : l'affaire est terminée.

– Comment as-tu pu me faire ça ? Comment as-tu pu ?

Filut s'était adressé au docker.

– Parce que toi, on t'a accepté comme matelot et moi, on m'a refusé... Pourtant, je suis plus doué que toi et plus droit aussi, je n'ai jamais dénoncé personne. Et je voulais tellement voir le monde, depuis tout petit j'en rêvais...

Un sifflet dans le tube de communication interrompit la conversation. La passerelle signalait un coup de téléphone du bureau. Le capitaine dit :

– La réunion est terminée. Qu'on enferme le clandestin dans la buanderie.

Je sortis sur le pont des chaloupes, côté sous le vent. Un force neuf soufflait. Le vent portait des nuages noirs pleins de suie, l'eau gelait sur les haubans et le bastingage, tout se recouvrait lentement d'un glaçage brillant. Le vent ne faiblissait pas, il fallait attendre le lendemain ou le surlendemain pour qu'il vide ses poumons. En tout cas, pas aujourd'hui. En ligne droite, l'Angleterre n'était pas très loin, mais pour l'instant, elle était terriblement éloignée.

J'achevai ma cigarette et rentrai à l'intérieur. J'aurais eu envie de monter à la passerelle, mais le capitaine y était et il allait me renvoyer dehors. Il n'est pas agréable d'être chassé. Je connaissais cette épreuve, il n'est pas facile au merle blanc de vivre avec les autres.

Dans la coursive inférieure je croisai le second, qui dit :

– Nous retournons au pays, on fait demi-tour immédiatement.

– À cause du clandestin ?

– Oui. Un ennemi du peuple, peut-être un espion, peut-être autre chose encore.

Le bateau se mit à gîter à tribord, la proue cogna dans la vague. Il sursauta et frémit sous le coup. Le second fut plaqué un instant contre la lisse, avant de se rattraper et de courir vers la passerelle. Je fonçai derrière lui.

Le bateau glissait sur le dos de la vague. De profil, il exposait son bâbord découvert au choc de la nouvelle déferlante. Le moment de faire demi-tour avait été mal choisi. Le capitaine ignorait les caprices du bateau et Filut, qui barrait, était anéanti par ce qui venait de se passer et se contentait d'exécuter les ordres. Et ce qui devait arriver arriva. La déferlante s'écroula sur le bord découvert, il y eut un grondement, le bateau gîta et, une fois la vague passée, il ne se redressa pas. Il resta dans une gîte critique – cinquante-cinq degrés – à tribord. Sans les planches sur le pont, notre chanson aurait été terminée.

J'avais déjà navigué sur d'autres bateaux de la même série et je savais que nous ne risquions rien, il m'était arrivé une situation similaire sur le *Rucian*. Il suffisait de jeter à la mer le chargement du pont et le bateau se redresserait.

– Ce n'est pas un ferry, c'est un sabot, lança le second, sarcastique.

– Mais le capitaine a toujours raison, chef. J'appelle des secours.

– Réveille tout le monde, tous sur le pont. Tout de suite.

Nous sortîmes sur le pont à six. Les câbles qui retenaient le chargement étaient verrouillés par des crochets bloqueurs, il s'agissait de parvenir jusqu'à eux et de libérer le bloqueur. Ce n'était pas simple, le pont était une patinoire. La peur se voyait dans tous les yeux, même chez le bosco. Moi, je venais de la flotte de pêche et j'avais affronté la furie de l'Atlantique nord plus d'une fois, alors sortir dans ces circonstances m'était aussi normal qu'un verre de whisky. Il n'y avait rien d'autre à faire, je mis la ceinture de sécurité, pris une hachette de pompier et partis vers le câble. Je plantai la hachette dans les planches, me collai contre elle. Puis je me retournai, arrachai la goupille et libérai le bloqueur. Les planches ne frémirent même pas. J'en fis autant avec le deuxième bloqueur et, m'aidant de ma hachette, rampai jusqu'au milieu du pont. Mais les paquets de planches ne bougeaient toujours pas. Cependant, avec de la patience, une goutte d'eau vient à bout de l'acier ; une des vagues suivantes parvint à briser le bloc de glace. Les paquets glissèrent ensemble dans l'eau. La gîte diminua.

L'affaire fut plus facile avec l'autre moitié du chargement, de l'autre côté du pont. C'est le bosco qui s'en occupa à ma place. Et tout comme avec le premier chargement, après un instant d'attente, les paquets de planches s'écroulèrent dans l'eau tous ensemble.

Le bateau avait repris son cap. Nous étions sous le gaillard d'avant. Soudain, je fus pris d'une grande joie. Je me mis à chanter et, accroché au bastingage, à danser sur place. Le roi David devait danser ainsi devant l'Arche d'alliance...

Sur le chemin de ma cabine je m'arrêtai devant le hublot de la buanderie. Le clandestin, roulé en fœtus, geignait sur un tas de linge sale, derrière la porte grillagée. Mon cœur se serra. Il avait juste voulu voir le monde, comme moi, comme tout être vivant. Rien de plus. Comment l'aider ? Il ne pouvait sauter par-dessus bord avec une bouée de sauvetage. Je ne pouvais rien pour lui. Une vraie douleur.

Moi aussi, jusqu'à la fin du voyage, je marchais comme sur des charbons ardents et dormais comme un lièvre. J'avais peur d'être licencié. Je les connaissais, ces bolcheviks, une fois qu'ils avaient quelqu'un en ligne de mire, ils ne le lâchaient plus, il fallait qu'ils le tuent, physiquement ou moralement.

La chance était avec moi. C'est le capitaine et Filut qui furent licenciés. Le secrétaire de la cellule du Parti et l'antisémite.

J'avais été défendu par le second, un cryptopilsudskien[2] inscrit au parti communiste.

2. Pilsudskien : partisan de Pilsudski, le maréchal et dictateur polonais mort en 1935. Symbole d'une Pologne libre, forte et anticommuniste.

Noémi

À Barking on nous fit accoster au quai de long séjour. Notre proue avoisinait un haut grillage qui limitait une décharge. On y déversait les déchets d'une usine voisine qui fabriquait des ustensiles de cuisine en acier inoxydable. Une sorte de grand cimetière des erreurs techniques...

Le quai de cette décharge était entretenu dans un état relatif de propreté : l'Amirauté, qui en avait la charge, ne supportait pas la verdure, tout particulièrement les rejets de saules et les chardons, que moi j'aimais pour le beau violet de leurs fleurs et pour les abeilles et les papillons qui tournoyaient autour. La décharge venait buter sur une rangée de peupliers derrière lesquels il y avait une voie ferrée et plus loin – la ville.

J'étais déjà venu ici une dizaine de fois. Un lieu de puanteur.

Planté sur l'aile de la passerelle, je contemplais avec tristesse cette décharge, comme on regarde le cercueil d'un ami. Abraham devait regarder ainsi Sodome carbonisée. La vue n'avait rien d'agréable ; je descendis sur le quai.

Nous étions un vendredi. Le bateau était entré au port à marée haute, à présent il était posé sur le fond avec une légère gîte à bâbord, comme un voilier au louvoyage. Le déchargement ne devait commencer que le lundi.

Je franchis le grillage et pris une sente tracée par d'autres pieds, droit devant moi. Ma vie ne s'arrangeait guère, sa toile se défaisait sans cesse quelque part. Tout aurait peut-être tourné autrement si je ne naviguais pas. Mais la navigation m'était devenue nécessaire, j'étais son moine, conscient de ce qu'on ne pouvait trouver son bonheur en mer, ni de l'argent d'ailleurs, si on avait un cœur humain. Mon enfance m'avait prédestiné à la mer – j'avais grandi en Russie, dans la cage de Staline, d'abord dans une mer d'herbes, ensuite dans une mer d'arbres. À présent j'en étais à la mer d'eau.

J'avais toujours été attiré par les lieux de mystère, là où beaucoup d'hommes n'ont pas le courage d'entrer. Cela m'est resté. Aujourd'hui encore j'étais en train de chercher un tel endroit.

J'atteignis les peupliers et m'assis sous l'un d'eux, le dos calé contre le tronc. Il m'était arrivé dans l'enfance de m'asseoir ainsi, de fermer les yeux et de me persuader que j'étais une gouttelette d'eau destinée à étancher la soif de la plus haute feuille de l'arbre, afin qu'elle puisse se déployer et voir le ciel. C'est un chaman venu de l'Altaï qui m'avait appris cela. Une fois de plus, l'artifice fonctionna. Je parvins au sommet et vis Londres, une tour de Babel infinie. La vue n'était pas séduisante. Je n'étais qu'une petite fourmi accroupie sous un peuplier dans une décharge inhospitalière. Je me sentis mal à l'aise ; j'allumai une cigarette. La nicotine leurrait, chassait pour un instant l'inquiétude. J'aspirai profondément et posai de nouveau la tête contre le tronc. À ce moment, j'entendis un bruissement.

Je regardai du côté du bruit. Quelqu'un entrait sur le terrain de la décharge, de la même manière que moi peu de temps auparavant, par un trou dans le grillage. C'était une femme noire, vêtue d'une longue robe criarde de couleur safran, imprimée de symboles claniques noirs.

Je me levai pour la saluer. J'étais impressionné jusqu'à en frémir. Il n'y avait pas en cette femme la flamme de ma Rouquine, mais elle avait quelque chose de plus – la Beauté, le charme de ma mère dans toute sa mystérieuse séduction.

– Qui cherches-tu ?

Elle répondit sans détour, et dans son sourire ses dents éclatèrent comme du cristal :

– Je cherche un homme, je m'appelle Noémi.

– Et moi, je cherche un être humain. Tu es née ici ?

– Non, du côté du Kilimandjaro. C'est pour ça que j'ai cette couleur chocolat.

– Je suis passé une fois à Mombassa. Tu viens de cette tribu au pied de la montagne ? Les plus belles femmes de toute l'Afrique, n'est-ce pas ?

Je pris sa main et la caressai.

– Oui, c'est vrai.

– Veux-tu être la dame de mon cœur ?

Elle sourit, me regarda à travers ses cils – visiblement, elle n'avait jamais encore entendu de tels mots.

– Tu es belle et tu m'es proche comme la musique l'est au violon...

– Ô, comme c'est joliment dit ! Des paroles comme ça, on en chante aux mariages. En les entendant on a envie de croire les gens et de retourner au pied du Kilimandjaro. Attends-moi ici.

Je retournai m'asseoir sous mon peuplier. La rencontre me faisait plaisir. Une fille du Kilimandjaro ici, dans le cloaque de Londres – c'est ainsi qu'on appelle Barking.

Une rencontre dans une décharge. Incroyable.

Une récompense, parce que je n'apportais pas de cigarettes de contrebande à vendre dans la gare de Waterloo. C'est un lieu où on peut vendre et aussi acheter tout ce qui va à l'encontre de la vie.

J'étais assis sous mon peuplier, étourdi du bonheur qui m'était advenu, mon cœur bruissait. C'est dans cet état que je vis émerger d'un recoin métallique la robe jaune safran.

La fille regardait ses pieds, ses mains étaient croisées sur sa poitrine, elle chancelait en marchant. Je courus vers elle. Son visage était pâle, comme poudré de farine. Elle ne pleurait pas, elle ne pouvait pas pleurer. Je la serrai contre moi, sa tête vint se poser sur mon épaule. Je ne disais mot, je ne savais pas quoi dire, que demander. Une éternité plus tard, elle murmura :

– Ils m'ont tué mon frère. Il avait réussi à s'échapper de la prison et il s'était caché ici. Il attendait un bateau qui devait l'emmener en Afrique. Et voilà – comme il n'avait pas assez d'importance pour ce que cela coûterait, ils l'ont buté.

La nostalgie du chant russe *Les Cloches du soir* me revint en mémoire, et toute la tristesse de cette mélodie me pénétra. Je pris dans mes paumes le visage de Noémi pour l'embrasser sur le front et sur les lèvres. Puis je la tirai par la main.

Nous allâmes en ville. Le métro nous emmena jusqu'au Jardin zoologique. Nous passâmes tout l'après-midi auprès des chèvres et des vaches – les animaux de notre enfance. Les souvenirs se suivaient, le retour de merveilleux moments. Le temps s'arrêta, revint en arrière. Nous ne sortîmes de là qu'au crépuscule.

Dans le métro elle me demanda :

– Ne me laisse pas seule. Viens passer la nuit chez moi. J'habite avec une amie, mais on s'arrangera. Mon Dieu, ces chèvres, ces vaches – j'étais si bien avec toi, c'était si paisible... Comme avec un ange. On ne vit pas souvent de tels instants. Tu es un marin, alors je t'attendrai à chacun de tes passages en Angleterre. Passe-moi seulement un coup de fil, et j'accourrai même à l'autre bout du monde.

Elle n'eut pas à insister. On ne laisse pas seul un être qui vient de perdre quelqu'un de proche ; ma grand-mère et ma propre enfance m'avaient enseigné cela.

Je n'avais pas non plus oublié que le Mal est le roi de ce monde et que tous les trônes lui appartiennent.

En les hommes de Dieu ? C'est un feu qui jamais ne s'éteindra, même s'ils ne sont que Verbe ténu, une fine toile d'araignée.

Un mois plus tard, le bateau accosta de nouveau à Barking. Le soir même, je téléphonai à Noémi. C'est son amie qui répondit. Pour me dire que Noémi avait tenté de savoir qui avait assassiné son frère, alors on l'avait éliminée, elle aussi.

En plein jour. Devant sa maison.

Je montai sur la passerelle du Radar pour réciter la prière des morts et pour pleurer.

Mes larmes séchées, je me tournai vers le ciel, plein de colère :

– Qui dois-je tuer pour faire cesser ces assassinats, Seigneur ? Tu changes trop vite Beauté en poussière. Je voulais faire ma déclaration à Noémi, je voulais l'épouser. Tu m'as pris la Rouquine, et à présent tu m'enlèves Noémi. Tu ne devrais pas, je veux avoir une femme. Tu l'as Toi-même ordonné... Ça ne peut plus durer – et je fus repris de sanglots.

La menace

Par tous les pores de la peau je sentais qu'ils allaient tenter de se débarrasser de moi ; quand j'allais dormir, je fermais à clé et bloquais la poignée, tout en sachant que c'était absurde. Personne ne m'adressait la parole en dehors du service. Parce que j'avais refusé d'entrer dans leur association. Ils passaient du cannabis en contrebande, six paquets d'herbe de quinze kilos. J'avais cessé de participer à des combines louches, cette fois j'avais aussi dit non. Je les avais surpris, ils ne s'y attendaient pas. C'était ma première navigation sur ce bateau, personne ne me connaissait, ni le patron ni l'équipage.

Le second me convoqua chez lui pour me dire :

– Tu brises une tradition. Nous ne sommes que six à bord et tout a toujours fonctionné sans heurts. Tous, ou alors personne. Nous n'allons pas perdre de l'argent à cause de tes fantaisies. Nous naviguons pour faire des sous.

– Mais cette combine est trop grossière.

– Qu'est-ce qui te fait croire ça ?

– Des Arabes en costume trois-pièces. On ne peut pas se fier à des types comme ça.

– C'est la quatrième fois que nous en chargeons.

– Ce sont des terroristes. Je m'en lave les mains.

– Tiens, quel petit saint !

– Je ne suis pas un saint. Mais le sang sur les mains ne se lave pas.

– Mon vieux, comprends-le, la marchandise est déjà à bord et nous sommes en pleine mer.

– Eh bien, moi, je n'en sais rien.

– Elle est bien bonne ! Il ne sait rien quand il sait tout... Tu as tort, mon ami.

Il sortit une bouteille du placard inférieur et remplit les verres à moitié.

– Bois, ce n'est pas pour t'acheter. Simplement j'ai envie de boire un verre. On m'a confié la tâche de parler avec toi, alors je le fais.

– Merci chef, le whisky est une bonne chose, il vous remet sur pied.

– Tu n'aimes pas le fric, je vois ?

– Ça, c'est trop dire... L'argent est et sera nécessaire à tout un chacun. Tout le monde veut être riche. Mais là, le risque est trop grand. J'ai vraiment peur de la prison. Les grilles, pour moi c'est l'enfer.

– Montre-moi ceux qui aiment ça. Mais comment gagner de l'argent sans risque ?

– Pour ces choses-là on t'enferme immédiatement, et en Extrême-Orient on te raccourcit d'une tête. Moi, je veux vivre, j'aime la vie. Alors, c'est simple : je ne sais rien.

– Mais comprends, nous ne sommes que six ici...

Je haussai les épaules, vidai mon verre et sortis.

Plus personne ne m'en reparla. Peut-être avaient-ils pris des renseignements sur moi à la maison mère. Peut-être y avait-il à proximité des bateaux sur lesquels j'avais navigué. Mais l'instinct me disait qu'ils n'allaient pas me laisser en paix. La peur d'être pris, surtout avec de la drogue, peut provoquer une psychose. Celui qui fait peser une menace de dénonciation est lui-même une incitation au meurtre. Et eux, ils n'étaient pas les patrons de l'affaire, ils voulaient simplement avoir du fric.

Pour la première fois sur un bateau, j'étais dans une impasse.

Nous allions de Tanger à Colding au Danemark avec un chargement de tourteaux de coco pour le bétail ; et ensuite à Kolobrzeg en Pologne. Un force sept soufflait de la poupe, le bateau roulait doucement, comme un berceau. J'adorais ce type de navigation, j'avais l'habitude de m'asseoir quelque part au calme et de regarder, envoûté, les vagues nous rattraper. Cette vue apaisait, défaisait les nœuds compliqués de mes nerfs. Après une demi-heure de ce traitement, j'étais comme Adam au jour de sa création.

Si la navigation était merveilleuse, l'ambiance était étouffante. Des regards glacés me balayaient sans cesse. J'étais seul, à tout moment ils pouvaient se jeter sur moi. Je pouvais bien sûr retourner voir le second pour dire que j'entrais dans l'association, et tout rentrerait dans l'ordre, comme par un coup de baguette magique. Mais ce quelque chose qui était l'essence même de mon être hurlait « Non ! » et je craignais de m'opposer à cette voix plus encore que d'affronter l'équipage. Ce quelque chose me mettait toujours en garde sans toutefois me protéger – il fallait que je me défende moi-même.

La fin octobre approchait et je pris l'habitude d'enfiler ma combinaison de pêcheur, qui avait un gilet de sauvetage incorporé. Elle était très chic, le second lui-même me l'enviait et annonça qu'il allait s'en commander une semblable par radio au Danemark.

Notre *Sola* était une barge mixte, mer et rivière, avec une passerelle mobile.

Les quarts de navigation étaient uniquement l'affaire du capitaine et du second. Eu égard à la météo, les travaux d'entretien avaient été suspendus. Le sort m'attribua un quart difficile, de minuit à quatre heures, en compagnie du capitaine.

Lorsque je montais à la passerelle, le capitaine s'installait sur la couchette mobile au-dessus de la table de navigation et moi je m'asseyais dans le fauteuil, avec le Radar à ma gauche, le compas devant moi et la vue sur le bord de la couchette du capitaine.

Le capitaine était peu bavard, il se retournait tout le temps violemment d'un côté et de l'autre, mais sans jamais tomber. Il ronflait et sans cesse marmonnait quelque chose dans ses visions animales.

Une nuit, après m'avoir donné le cap, il me demanda si j'avais lu *Le Capital* de Marx. Je répondis la vérité :

– D'un bout à l'autre !

– Tu sais donc quelle est la puissance de l'argent ?

– Oui, bien sûr.

– Alors, tu es un sot. Il faut croire à l'argent plutôt qu'aux idées...

– Je l'ai dit, je ne veux pas finir derrière les barreaux. Je n'ai rien vu et rien entendu.

– Si nous sommes pris, tu en seras aussi de toute façon. Tu te singularises, tu veux être meilleur que nous... Je n'ai jamais vu de saint parmi les matelots.

– Moi non plus. Et je n'essaie pas d'en être un.

La terre tourne vers l'ouest, nous voguions vers l'est et à chaque heure nous nous rapprochions du port d'arrivée. J'étais sur mes gardes, ma vigilance me préservait.

La dépression céda la place à un anticyclone, le pigment de la nuit se fit plus dense et plus transparent, la moindre lumière se voyait à l'infini.

Je quittai mon quart à quatre heures du matin et allai m'asseoir sur le petit banc à côté du magasin anti-incendie. Je m'y posais toujours pour la cigarette d'avant le sommeil et, si la nuit était étoilée, pour errer un peu entre les constellations.

Je regardais la Voie lactée et je souriais à cet ancien sentier des hommes. C'est à ce moment précis que deux ombres apparurent, à droite et à gauche. Avant de l'avoir réalisé, j'étais déjà à la poupe, près de la hampe du drapeau. Le plus grand me tordit le bras en arrière, l'autre arracha mes pieds du pont. Ma résistance et mes cris ne servirent de rien. J'eus le temps de penser : « Ils me jettent à l'eau comme on a jeté Jonas. »

Ils me lancèrent dans le sillage. La combinaison de pêcheur ne faillit pas, elle me maintint à la surface comme une bouée. J'avais prévu qu'une telle chose pouvait m'arriver. Ce ne fut donc pas une surprise. Dans mon cerveau une seule idée : survivre. Je me rappelai tout ce dont on m'avait farci la tête pendant les cours de sauvetage, et spécialement sur la survie individuelle du naufragé. J'avais une bonne mémoire, presque photographique.

J'ôtai mon bonnet et en essorai l'eau. Je fis de même avec la capuche. Puis je protégeai ma bouche avec un bandeau spécial, fixé par des Velcros. Je me mis en position de fœtus et me confiai à la mer.

J'avais été du quart de navigation et je savais que nous étions à la hauteur du Portugal. Vers une heure du matin, nous avions franchi le 41e parallèle. Dans ces parages, le courant porte au sud toute l'année.

Nous étions en octobre, l'eau avait encore gardé un peu de l'été. La tempête s'était calmée la nuit d'avant, seul le clapot résiduel rappelait le mouvement éternel du cosmos. Je croyais en Dieu, j'aimais la mer et je voulais créer un chef-d'œuvre, alors la confiance ne m'abandonnait pas. Je me souvins que dans une poche j'avais une boîte étanche avec des bonbons, pour une semblable situation. Mes chances étaient maigres, mais je ne perdais pas confiance.

J'étais convaincu d'avoir bien agi. Si je méritais de vivre, je survivrais.

La vague me hissait à son sommet, puis je glissais doucement entre les crêtes. Chaque fois je percevais du coin de l'œil le contour d'Orion, au bord de l'horizon. La constellation de Pégase régnait au zénith, ma préférée, celle qui découvre les choses cachées de l'existence humaine.

Sa vue éveilla en moi un désir animal de vivre. Et de mon chef-d'œuvre, toujours pas écrit.

À l'aube le ciel de nouveau se couvrit de nuages. Encore une dépression qui arrivait du nord, son aile de corbeau pouvait bien glisser jusqu'à cette région. Durant les heures passées, le courant avait dû me faire dériver vers le sud de trois ou quatre milles. La mer était toujours vide. Je ne voyais pas d'oiseaux, alors qu'eux, ils devaient sans doute distinguer l'orangé criard de ma combinaison. Tôt ou tard, ils allaient arriver. Les oiseaux de mer ont toujours faim. Mais ils devaient avoir pour l'instant des proies plus faciles pour remplir leurs estomacs.

J'aperçus peu après une troupe de dauphins, ils passèrent tout près, mais sans s'intéresser à moi. Des tâches plus importantes les occupaient sans doute. Il y a tant de choses plus importantes que l'homme, lui seul s'est imaginé roi de la création, il s'est même persuadé qu'il allait juger les anges.

Je regardai encore et encore autour de moi. Quand on m'avait éjecté, le bateau naviguait à quelque dix milles de la terre.

Dériver ou nager ? – Nager. Je ramais en cadence, m'abandonnant au destin. Ce qui doit être sera. Je ne pensai jamais que l'abîme pouvait m'engloutir. Je ne sentais pas le fardeau du mal. Le mal appartient aux méchants, alors que moi j'avais le projet de me créer une patrie. Et l'idée que l'attente ne peut être raccourcie par quelque artifice me donnait aussi du courage. Tout devait arriver en son temps.

Les mouettes, de plus en plus nombreuses, volaient vers la terre. Signe infaillible que la tempête approchait. Au nord, juste au-dessus de l'horizon, apparurent les contours noirs d'un nuage.

Une mouette se posa sur ma tête. Je la chassai immédiatement. Si elle m'avait piqué, ne fût-ce qu'une fois, toutes les autres auraient suivi son exemple. Et alors... Mieux valait ne pas imaginer la suite. Malgré la fatigue croissante, je me mis à pousser plus fort sur les bras.

Les nuages naviguaient plus vite que je n'avais prévu. Le cap m'était indiqué par les oiseaux, qui me survolaient sans fin. Le vent ridait déjà le clapot résiduel, le balancement s'amplifiait. Je voulais déterminer l'heure, même approximativement, mais les nuages étaient trop épais pour deviner la position du soleil. Un jour et demi sans dormir et la fatigue commençait à se faire sentir. « Dormir, ne serait-ce qu'une seconde », pensai-je.

Je cessai alors de lutter contre le sommeil. Sentant arriver une vague de tiédeur, je m'abandonnai.

C'est le heurt contre un flotteur en bambou de quelque pêcheur qui me réveilla. Il marquait l'endroit où étaient immergés ses filets dérivants.

« Voilà un ami de plus », pensai-je en apercevant au sommet du flotteur un écran Radar. J'inclinai le bambou pour saisir la ligne principale. Sur ce cordage, à intervalles réguliers, des lignes avec des hameçons étaient attachées.

J'accrochai un flotteur en plastique à la ceinture de ma combinaison et me halai jusqu'au suivant. Après en avoir ainsi réuni huit, je me mis à les assembler en radeau, unissant la tête d'une planche avec la base de la suivante. Le travail avançait bien, chaque balise plastique était entourée d'un filet et son sommet portait une perche en bambou.

Je mis longtemps à construire ce radeau, me blessant les mains avec mon couteau. Quand enfin je parvins à m'y hisser, je sentis que j'allais survivre. Ou, du moins, je mourrais en homme. Les requins n'allaient pas me déchiqueter.

J'avais faim. Doucement je me mis à tirer sur la ligne principale qui me servait désormais d'ancre flottante. Le premier hameçon était vide, mais le deuxième avait tenté un coryphène au dos vert-bleu et au ventre argenté.

Le vent montait. La mer dressait de plus en plus haut des sommets d'écume, qui évoquaient les eaux premières de la Genèse.

Mon radeau provisoire, qui traînait des mètres de lignes de pêche de longueurs différentes, tenait bien la vague, il montait et descendait en douceur les déferlantes qui ne brisaient ni devant ni derrière lui. Mais il n'existe pas de mers sécurisées. Au cours d'une tempête tout est possible, ce sont les forces primaires qui jouent ici les premiers violons.

« Seigneur, me suis-je mis à penser, comment Te sentais-Tu en cette Tienne solitude avant qu'existe le temps, dans Ton lumineux néant ? »

Vers le soir, le vent atteignit la force d'une vraie tempête, l'enfer nocturne de la mer.

Je m'étais attaché à l'aide du cordage de sécurité pour ne pas perdre ma minuscule île de bambou en cas de chavirage. Je m'étais enroulé en plus avec encore d'autres lignes. J'étais assis, la tête entre les genoux, la seule position où les éclaboussures des vagues me laissaient respirer.

Sans cesse je tombais dans une léthargie à la limite du sommeil. Puis la gifle d'une déferlante me réveillait. Malgré une peur latente, je tentais de me persuader que les choses n'allaient pas trop mal, que j'avais vécu pire.

Une pensée surgit : « Tout cela n'est qu'une couverture pour mon chef-d'œuvre. »

C'était ma deuxième noyade, mais c'était ma première expérience de naufragé. Haï et jeté par-dessus bord parce que je m'étais opposé à un usage. J'avais sous-estimé le dieu Mammon, l'idole de ce siècle. J'avais obéi à ma conscience et non au capitaine.

Pour ceux de mon espèce, il n'y a pas de place sur un navire, quel qu'il soit. Sur les petits bateaux règne un gang, sur les grands – trois.

Alors que je méditais ainsi, cramponné à mes cordes, une énorme vague vint me capeler. Elle tomba comme le déluge. Serrant de plus en plus fort les lignes entre mes mains, j'attendais l'oxygène, la respiration.

Tout dépendait de la respiration. J'étais enfoncé dans des ténèbres plus épaisses que du goudron.

Je tombais de plus en plus profondément et finis par m'imaginer que je me trouvais dans un cocon, semblable à une larve. Je me voyais moi-même et ce qui se passait en moi. Les cellules changeaient de place, de forme, de fonction. La métamorphose était stupéfiante. Mais tout se déroulait sans douleur, avec précision, faisait naître une satisfaction, voire une volupté.

Après cette métamorphose, je ressentis un violent désir de me sortir de ce cocon gênant. Et la nostalgie de ce qui se trouvait dehors décuplait mes forces.

À maintes reprises je perdis tout, hormis le désir de vivre. Pour la centième fois, je ramassai toutes mes forces et frappai le mur déjà ébranlé.

Et cela arriva.

La clarté m'éblouit, l'oxygène coula dans mes poumons.

J'ouvris les yeux. J'étais toujours sur mon radeau.

La nuit infernale était derrière, le rouleau des éléments ne m'avait pas écrasé, ne m'avait pas jeté à la merci des requins. Et mon radeau n'était plus un jouet des vagues. Il avait été craché sur une plage. Une plage si vaste que même les vagues de tempête n'atteignaient pas le pied des falaises de calcaire.

Sur la plage

J'étais épuisé et tendu, les nerfs en capilotade.

Je me souvins des bonbons. Ils étaient là ! J'en mis toute une poignée dans ma bouche – il n'y avait plus à économiser, à les partager en rations. Je sentais le glucose se répandre en filets de plus en plus ténus dans tout l'organisme, et d'instant en instant je devenais plus gaillard. Lentement, je me mis à frotter mes mains l'une contre l'autre pour les réchauffer, pour leur rendre leur fonction. Puis mes pieds. Ce n'est qu'ensuite que je défis les cordes qui m'attachaient au radeau.

Je commençai par m'agenouiller avant de tenter de me mettre debout. J'y parvins au troisième essai. Je restai d'abord immobile, la tête me tournait ; des mouches apparaissaient et disparaissaient devant mes yeux. Quand le monde cessa de vaciller sur ses bases, je pus regarder autour de moi.

La plage était large, même cette forte tempête ne parvenait pas à la recouvrir en entier.

Juste au pied de la falaise, j'aperçus une baraque de pêche. Je partis dans sa direction.

Après m'être traîné jusqu'à elle, je m'assis dans une confortable chaise en bois posée près de la porte. Au bout d'un bon laps de temps, je sentis le froid me pénétrer, des frissons. J'attendis qu'ils cessent un instant et me levai pour ôter mes vêtements trempés. La baraque n'était pas verrouillée, j'y trouvai un pull et une combinaison de pêcheur. Vite, je me changeai et sentis l'agréable chaleur de vêtements secs. Il y avait aussi là une petite table avec une bouilloire, de l'eau, des moques, du café et du sucre. Un examen plus attentif de l'intérieur révéla dans un coin des bottes de caoutchouc et des chaussettes de laine.

Soudain, une femme apparut. Étrange, elle avait des yeux écarlates.

Je n'en avais jamais encore vu de semblables. Mais peut-on imaginer avoir tout vu ?

Le vent s'était calmé, mais le fracas du ressac était fort, c'était peut-être ce qui m'avait empêché d'entendre le sable crisser. Elle apparut comme un fantôme, et je sursautai de surprise.

Elle aussi me regarda avec étonnement et un rien de peur, ce que je remarquai dans ses yeux légèrement rétrécis.

Je fis un signe de la tête. Elle sourit.

Je dis dans le jargon maritime anglais en montrant le radeau bricolé en bambou :

– Je suis un naufragé...

– Je le vois bien. Je sais même d'où tu viens ; jadis je séduisis ton grand-père Simon...

Elle sourit de nouveau.

– Viens, je vais te donner à manger et à boire.

Le sentier escaladait la raide falaise calcaire, de place en place des rondins y étaient encastrés pour servir de marches. Le sommet de la falaise était nu, mais la vue était stratégique.

Émerveillement et effroi – ce n'était pas un continent, comme je l'avais imaginé. Je fus encore plus surpris de ne pas découvrir à l'horizon de terre ferme ; nul contour, alors que le ciel était sans nuages. Mais je m'abstins de poser des questions.

La pente de l'autre côté était couverte de bruyère épaisse ; plus loin, sur une sorte de plateau, se dressait une villa. À côté d'elle, un troupeau de brebis autour desquelles déambulait un chien de berger à longs poils. Sur les marches de l'entrée se prélassait un gros chat aux yeux de malachite.

Je n'essayai pas de parler, j'étais trop épuisé pour poser des questions ou pour raconter. Je bus une tasse d'une infusion et sentis aussitôt comme de la béatitude, puis la somnolence m'envahit. Elle arrivait comme la marée, elle montait de plus en plus haut.

Quand je me réveillai, le soleil brillait dehors.

– Ohé !

Personne ne se montra.

Je descendis en courant sur la plage.

Personne là non plus. Je m'assis un instant sur la banquette, pour reprendre mes esprits. La faim se faisait impérieuse. Je me levai et escaladai de nouveau la falaise. Je n'y vis plus de villa, mais une petite maisonnette de vacances, bâtie de troncs de pin avec un toit couvert de gazon. Ce que j'avais vu auparavant n'était donc qu'une hallucination, un leurre, un produit de mon épuisement ou bien du monstre qui était en moi.

La mer m'avait rejeté sur une petite île déserte.

À l'intérieur de la maison, aucun luxe. J'y trouvai seulement une table avec un large banc couvert d'une peau de bête sous laquelle j'avais dormi. Une petite armoire suspendue au mur et une cheminée. Dans l'armoire une moque, un couteau, une fourchette. Rien d'autre.

Dans un coin, une échelle menait au grenier. Je montai les échelons et soulevai la trappe. Il n'y avait rien là, hormis un morceau de lard maigre pendu au bout d'une ficelle en haut du triangle des solives, là où la viande sèche sans pourrir. Quelle joie – de la nourriture pour une paire de jours. J'en tranchai un morceau et descendis.

J'avais été jeté sur une île déserte, comme Robinson. Seulement, lui, il avait accès à une épave où il pouvait puiser toutes sortes de trésors.

Je sortis, ramassai des feuilles sèches et des branchettes. J'allumai un feu, soufflant sur les brindilles, le feu se propagea aux branches sèches, de plus en plus grosses. Quand je fus sûr qu'il n'allait plus s'éteindre, j'entourai le foyer avec de grosses bûches.

Puis je sortis et me hissai jusqu'au point le plus élevé.

Un vent léger soufflait, l'air était transparent et oui – je distinguai le contour d'une terre. J'en fus réconforté.

Je revins à la cahute, plaçai le grill dans le creux spécialement aménagé et posai dessus des tranches de lard. L'odeur de viande d'abord fumée et ensuite grillée se répandit peu après. Comme dans mon enfance, elle se mêla au parfum pénétrant du thé qui infusait dans une casserole.

Après avoir mangé, je partis aussitôt vers la cabane de pêche. Je voulais vérifier si elle aussi était une hallucination.

J'étais rassasié et le monde m'apparut désormais dans ses formes et ses couleurs véritables.

Aucune tristesse ; mon âme était confiante, j'étais certain de parvenir jusqu'à la terre ferme.

La cabane était à sa place, mais à l'intérieur il n'y avait pas ce que j'y avais trouvé d'abord – ni bouilloire, ni thé, ni moque. Il y avait là juste un ensemble d'apparaux de pêche pour le thon ou le maquereau, un rouleau de fil, une ligne et, le long d'un mur, quatre gros madriers de pin.

Je pensai : « Ils m'attendaient », et sans tarder je les traînai dehors. Ils formeraient une base idéale pour le radeau que j'avais l'intention de construire.

Je poserais dessus un pont de bambou et en avant, vers la civilisation !

Je trouvai aussi une vieille bâche de canot, de quoi faire une voile.

Il fallait se hâter, le morceau de lard maigre n'allait pas durer longtemps. Le prochain reflux devait m'emporter loin de cet îlot.

Je me mis au travail. J'avais tout sous la main, l'assemblage ne posait pas de gros problèmes ; j'étais un maître d'équipage et je maîtrisais tous les travaux de pont.

L'échelle qui menait au grenier fut destinée à faire le mât. Dans la cabane, je trouvai une ancre pour des filets immergés. J'entassai sur le pont tout ce qui pourrait m'être utile en mer. Et en mer, tout peut être utile.

En quatre heures de travail, le radeau fut prêt. La marée montait, je m'assis donc à l'avance sur mon embarcation.

J'étais là, adossé au mât et la joie était en moi. Cela avait toujours été une joie pour moi de partir naviguer. La mer recèle tant de promesses, de quoi assouvir toutes les imaginations.

Elle est comme la religion ; plus ardemment on prie, mieux on se rend compte qu'on n'arrivera jamais au bout, qu'un horizon ouvert et illimité sera toujours devant. Et là-haut, derrière cette limite, il y a Dieu. Peut-être est-ce pour cette raison que tant de mystiques créent leur langue particulière. En mer, des hommes dotés de telles possibilités, on les appelle des benêts. J'étais un de ceux-là.

J'étais assis sur mon radeau primitif avec un violent désir de survivre. J'attendais le reflux.

Soudain, quelque chose sonna dans mes oreilles.

Puis des frissons me prirent. Un grand froid et une aiguille très douloureuse dans le crâne.

Puis...

des ténèbres...

et du bruit...

il fait clair...

de plus en plus...

je me réveille...

en pyjama...

dans...

une salle d'hôpital...

debout à la fenêtre.

Et derrière cette fenêtre une matinée guillerette, pleine de lilas, blancs et mauves. J'ouvre la fenêtre, je m'appuie des deux mains sur la balustrade et j'écoute le chant des grives. Quand la grive de gauche se tait, celle de droite reprend le concert. Une extase de beauté.

À cet instant d'émerveillement, un infirmier entra et avec lui disparut l'enchantement.

L'infirmier était un nouveau, il portait une blouse d'une blancheur de neige aveuglante, comme la lumière reflétée par un miroir d'eau. Il ne salua pas, ne sourit pas, son visage resta sinistre. Il me regarda comme on regarde un criminel, comme si je lui avais fait du tort personnellement.

– Voici les papiers pour votre sortie de la clinique – sa voix était sourde lorsqu'il jeta une enveloppe grise sur mon lit. Veuillez libérer les lieux avant dix heures.

J'en restai abasourdi, je lui tournai le dos et lentement, comme un robot, je croisai mes mains en les serrant comme un nœud.

– La décision est irrévocable. N'essayez pas de bourrer le mou à qui que ce soit. Vous pouvez juste aller chercher du secours chez les sorciers.

– Alors, il faut me donner un cheval.

J'ignore si je dis ces paroles moi-même ou si quelqu'un les disait pour moi, mais on entendit ces mots-là.

Il me lança d'un ton railleur :

– Et pourquoi pas la lune ? Vous n'aurez rien du tout. Veuillez emballer vos affaires personnelles.

Il sortit sur un signe de la tête.

« D'où ai-je sorti ce cheval ? » me demandai-je. Tout cela me parut si surprenant que j'éclatai de rire, bien qu'il n'y eût pas de quoi : on me mettait bel et bien à la porte de cette clinique.

J'ouvris l'enveloppe. Aucun doute – c'était bien un billet de sortie et non pas, comme je l'espérais, le transfert vers un autre service. Le coup était inattendu.

La clinique était luxueuse. J'ignore comment j'y étais arrivé, mais je m'y sentais comme chez moi.

Comment ? Pourquoi ? Je n'en savais rien.

Je ne me souvenais de rien, sinon quelques menus lambeaux, de faibles lueurs.

Tout s'était mélangé dans ma tête. Je savais seulement que quelque chose ne tournait pas rond. Peut-être étais-je mort. C'était peut-être ainsi après la mort.

On me mettait dehors. Quelle histoire...

Où aller ? Où retourner ? Ils sont devenus fous !

J'étais là comme un coq en pâte et soudain, va-t'en ! Et cela juste maintenant...

Deux semaines plus tôt j'avais aperçu une femme par la fenêtre. De l'autre côté d'une clôture en fonte. J'étais debout à la fenêtre, comme en ce moment. Au premier regard, je lui avais fait un signe de la main et mon pouce lui avait montré le sol : attends-moi.

J'avais dévalé l'escalier latéral.

Cette femme était si belle que mes yeux s'étaient ouverts jusqu'à embrasser le ciel entier, et plus encore. Mon cœur farouche s'émut.

Elle me sourit et se laissa embrasser en pressant son visage contre la grille.

Mmm, c'était bon !

Depuis, nous nous rencontrions tous les jours.

Mais au bout de dix jours, notre idylle s'interrompit. Quelque chose s'interposa entre nous. Est-ce que la Rouquine s'était fait prendre en rentrant dans son pavillon ? Possible.

Je ne renonçai pourtant pas. Je me plantais devant la fenêtre comme une sentinelle.

J'espérais un miracle. Mais ce fut l'infirmier qui parut encore ; il enleva la vieille literie et en posa une nouvelle sur la table de nuit.

Je demandai :

– Est-ce que je peux rendre visite à une amie au pavillon des femmes ?

Il me regarda, l'air menaçant :

– À cause de cette femme tu t'es mis dans un sacré pétrin. Tu ne pourras t'en dépêtrer jusqu'à la fin de ta vie. Or, tu étais si près du bonheur ! Ce n'est pas une femme, c'est un démon. Terrible. Tant de soins pour rien ! Tant de choses effondrées. Tu ne te rends pas compte combien tout est lié. Tu as flanqué le désordre dans tout le système. Tu as créé le chaos, un chaos grave.

Tu le paieras.

Et tu ne seras pas seul, toute l'espèce paiera.

Nous ne te chassons pas, tu t'es mis toi-même à la porte du paradis.

Il jeta l'ancienne literie dans un sac en plastique et sortit.

Je me précipitai à la fenêtre – personne, personne, même pas une grive chanteuse. La tristesse me prit, une telle tristesse que mes yeux brûlèrent et que des larmes coulèrent sur mes joues.

La vie ?

Jamais je n'avais pleuré auparavant. En tout cas, je ne m'en souvenais pas. J'avais vu des gens pleurer, leurs larmes m'étonnaient. À présent, je savais pourquoi on pleure. Et que les larmes apaisent et redonnent de l'espoir.

Je pensai : « Je suis en train de guérir. »

J'essuyai mes yeux et regardai l'étendue du ciel, bleu pâle, presque blanc. Et la pensée me vint d'un destin favorable.

Je me pris à rêver.

Je n'entendis pas entrer les deux gardes. Ils tapèrent dans les mains pour se signaler.

Je me retournai en haussant les épaules ; leurs bras, longs comme des ailes, ne m'impressionnaient pas.

Le plus grand me dit d'une voix chantante :

– Mon gars, il est temps.

Tout en prenant sur le lit mon sac pour le mettre à l'épaule, je répliquai :

– Oui, allons-y... Peut-être que l'un de vous, messieurs, pourra me dire quand et pour quelle raison je me suis trouvé dans cette institution ? Ce n'est pas inscrit dans la fiche d'information, par hasard ?

– Je n'en sais rien – le plus grand haussa les épaules. Je sais seulement que pour atterrir ici il faut une recommandation spéciale. C'est un honneur, presque une récompense.

– Moi, je sais, dit le plus petit. J'étais justement de garde. On t'a amené inconscient, tu venais de la mer. En mauvais état, massacré pour ainsi dire.

– C'est une clinique d'État ?

– Non, privée. Ici tout est privé, même les puces. Le propriétaire est très riche. Tout lui appartient, absolument tout.

– Même moi ?

– Même toi. Il donne et il reprend.

– Ce qui veut dire qu'en sortant je vais traîner à travers ses propriétés ?

L'autre sourit, avec un clin d'œil vers son comparse :

– Tu ne peux pas faire autrement.

– Bah, je penserai bien à quelque truc, lançai-je pour dire quelque chose.

– Penser tu peux. Mais, sans protection, tu finiras mal. Tu n'es pas le premier héros que nous mettons dehors.

– J'y arriverai !

– Tu ne sais pas ce que tu dis !

– Il ne sait pas, parce qu'il est malade, ajouta le plus petit.

– Mais si je suis malade, pourquoi me jetez-vous à la rue ?

– Ça, c'est ton affaire, pas la nôtre. Il va être midi. On sort.

Je sortis le premier. La porte en verre noir opaque s'ouvrit automatiquement.

Les personnes que je croisais me regardaient avec mépris, comme un malfaiteur. Je sentais leur malveillance, leur haine, et me mis à courir droit devant moi pour ne plus voir personne.

Je courais sans m'arrêter, les couloirs étaient interminables, seule leur pente diminuait.

Je ralentis dans un étroit dédale. Encore quelques changements de niveau et j'arrivai au bout. Le haut portail à l'éclat métallique s'ouvrit et je sentis la terre sous mes pieds. Je tombai, me collant contre notre mère.

Quand le souffle me revint, je m'assis et regardai la clinique. Un mur vertigineux l'entourait.

L'endroit était désert. Je n'avais rien à faire là. Pourtant, je ne partais pas.

J'attendais.

De nouveau, un mal de tête me prit. Une tempête s'y déchaînait. Je geignais de douleur. Et la douleur finit par m'ôter la conscience.

J'ignore combien de temps s'écoula jusqu'à mon réveil.

Dans ma tête cela devenait plus clair.

J'attendais toujours.

J'attendais quoi ? Aucune idée.

Mais mon attente ne fut pas vaine.

Un employé de l'ambassade polonaise vint me chercher. Il avait mes documents et un billet d'avion.

Je sus par lui que c'étaient les gardes-côtes français qui m'avaient retrouvé en mer. Je n'avais ni fracture ni blessure, mais je délirais. On m'avait envoyé alors dans une clinique psychiatrique.

J'étais étonné. Le séjour dans la clinique avait eu une saveur de paradis ; peut-être m'étais-je vraiment trouvé dans le jardin d'Éden ?

J'étais en plein dans la métaphysique, dont je me gardais toujours, car elle mène à la folie. Les vers de Pouchkine me revinrent en mémoire :

Mon Dieu, ne me laisse pas sombrer dans la folie
Dans la triste nuit je n'entendrai
ni le bruyant chant des forêts
ni le rossignol troubler le silence,
mais les gémissements des amis,
les gardes hurler dans la nuit
Et les verrous qui grincent...

Hania

Je suis rentré au pays au bout de neuf mois. On me pensait mort et on m'avait donc rayé des listes. Lorsque je réapparus au département des Cadres maritimes, il y eut comme un trouble. Le directeur m'accueillit avec bienveillance et cordialité, il me serra dans ses bras, m'embrassa même. Puis il dit en souriant :

– Perdu et retrouvé... J'en suis très, très content. Mais il te faut attendre que nous arrivions à démêler tout cela. En attendant, je te mets en congé. Tu te reposeras, tu en as besoin.

Peut-être était-il réellement content, les gens sont capables de se réjouir de choses surprenantes, même d'un échec amoureux.

Je réglai les formalités et je partis chez grand-mère Catherine par le train du soir. Je lui avais téléphoné une semaine plus tôt, de Nantes, en appelant chez le maire de notre village. Stefka m'avait rassuré : tout allait bien.

J'arrivai le lendemain matin. Mais c'était déjà trop tard, grand-mère Catherine n'était plus en vie. On l'avait enterrée deux jours plus tôt. Et Hania, elle, habitait dans sa maison. Elle me raconta tout, de A à Z. Sergueï lui avait laissé un souvenir ; un gamin, qui avait déjà trois ans et me fixait obstinément. Il demanda, pointant son doigt vers moi :

– Et ça, c'est quoi ? Papa ?

– Oui, papa, répondit Hania.

– Papa, reprit le gosse et il me sourit pour la première fois. Papa !

Je pris le garçon sur mes genoux et l'embrassai. Les coins de ses yeux étaient bridés et ses pommettes fortement marquées. La mère de Sergueï était kalmouke, l'enfant en avait hérité.

– À la mairie et à la paroisse il est inscrit comme ton fils, dit Hania en rougissant. Grand-mère Catherine m'a donné son accord, elle était réellement contente d'avoir un arrière-petit-fils, peut-être usurpé, mais tout de même. Et il porte tes prénoms, Piotr et Paul.

– Pierrot ! Salut, mon fils, et je lui fis un grand sourire.

J'étais très content.

Après tout ce que je venais de vivre, la nouvelle ne me heurta pas, même pas un petit choc. J'avais de nouveau une famille. Grand-mère m'avait quitté mais ne me laissait pas seul.

La manière dont je prenais tout cela surprit Hania, elle avait craint d'avoir mis un bâton dans une fourmilière et ne s'attendait pas à ma joie. Elle rayonna soudain, comme libérée d'une terrible maladie.

Au bout d'un moment, je dis :

– J'ai l'impression que grand-mère n'est pas morte. Je nous vois en cet instant, elle et moi, là-bas en Sibérie, à Kojevnikov, nous sommes au bord de l'Ob et nous pêchons des ombres dans le courant rapide. Vraiment, je nous y vois...

– C'est pour cette étrangeté que je t'ai aimé, mais toi, tu ne faisais pas attention à moi. Tu as été malade, je sais. Mais tomber amoureux, c'est aussi une maladie terrible, surtout quand on est jeune.

– Oui, je me sens horriblement mal depuis toujours. Encore à l'école, j'avais solennellement promis à Dieu d'écrire un chef-d'œuvre. Et jusqu'à ce jour, je n'en ai rien fait. Et, plus grave, je ne veux pas revenir sur mon serment. Ce doit être une maladie, les nerfs, ou une psychose.

– Quand tu auras fini de manger un tonneau de sel, l'inspiration viendra. Commence par la Sibérie, décris ton enfance. C'est un bon thème, grand-mère m'a beaucoup parlé de ces temps-là.

J'eus comme un coup au cœur et je me sentis rougir. J'avais cherché partout, mais mon enfance, je n'y avais pas pensé. Or n'est-ce pas dans l'enfance que se prennent les décisions qui engagent toute la vie et forment le destin ?

– Merci, ça, c'est une idée ! Si je n'étais pas revenu dans cette maison, je continuerais à errer comme Ahasvérus...

– Qui c'est, ça ?

– Le juif qui a chassé Jésus. Pour la peine, il doit attendre son retour. Bien sûr, ce n'est pas ainsi que lui, il me raconta son histoire.

– Oui, ça c'est une vraie punition... Mais toi aussi, mon Pierrot, tu as déjà beaucoup souffert... Et tu n'as que trente ans ! Le Juif errant... Tu l'as vraiment rencontré ?

– Il lui fallait me rencontrer. Pour quelle raison, il l'ignorait. J'en suis parfois effrayé.

– Ne crains rien, il y a une étrangeté en toi. Dieu te garde. Et moi, avec toi j'irais n'importe où et jusqu'en enfer.

Je serrai fortement Pierrot contre ma poitrine et j'embrassai le sommet de son crâne.

– Papa, papa, et ça, c'est quoi ?

Son doigt pointait Hania.

– C'est maman, ça.

– Et quoi encore, papa ? C'est maman et quoi encore ?

Je scrutais Hania, je tentais de pénétrer en elle comme jadis dans un poème de Lermontov. Et soudain je sentis une terrible douleur, comme si quelqu'un remuait des choses dans mon cœur. Ce fut bref, une fraction de seconde à peine ; mes paupières se fermèrent d'elles-mêmes. Quand je les rouvris, je vis le visage de Hania, stupéfaite.

– Mon Dieu, tes cheveux... Ils sont devenus gris en un clin d'œil !

Icône

Hania partit avec Pierrot pour l'enterrement d'une tante. Je restai seul.

Je déteste la solitude, car la tristesse me prend aussitôt. Une tristesse métaphysique, pleine de visions.

Elles me tourmentent souvent. Le whisky me remet d'aplomb, mais j'ai honte de boire seul, face au miroir. Je décidai de boire face à l'icône.

Le visage du Christ était accroché au mur chaulé de blanc, comme le soleil dans le désert.

J'ouvris une bouteille, me versai un demi-verre et avalai le contenu.

– Je T'ai fait confiance, Tu as été parmi nous et Tu sais le pourquoi des choses. Moi, je suis les chemins de Dieu. Et qu'est-ce qui en résulte ?

Soudain mon crâne retentit d'un bruit pareil au vent qui défeuille un arbre branchu. Une aiguille se planta dans mon cœur. La névrose se déchaînait, déclenchée par cette dose d'alcool. De telles crises m'arrivaient souvent, avec moins de force toutefois – là je crus mourir sur-le-champ.

Un clou chasse l'autre – je remplis le verre et le vidai de nouveau. L'alcool m'aida, la douleur au cœur et le bruit de vent dans la tête disparurent, peu à peu.

Je suis un de ceux qui ont la nuque raide, et je mérite ce qui m'arrive.

Ce qui n'empêche, le besoin de douceur me prit. Écrire le livre, mon livre-patrie.

C'est vrai, je geignais. Et j'allais marmonner ainsi tant que les deux bouteilles ne seraient pas vides, et ensuite, privé de forces, je m'endormirais.

Des pas dans l'entrée. Je tendis l'oreille. Oui, c'était évident, il y avait quelqu'un. Et ce quelqu'un venait de comprendre, à cause du soudain silence, que sa présence avait été découverte. Il frappa à la porte et entra sans attendre d'y être convié.

– Excusez-moi, la porte du couloir était ouverte, alors je suis entré. Et, une fois dedans, j'ai entendu un discours si beau, si beau et d'une si charmante bêtise, que j'ai décidé de l'écouter jusqu'au bout. Ce n'est pas souvent que j'ai l'occasion de rire. Vous m'avez amusé comme personne.

Ce discours ne m'agaça pas, mais je me sentis rougir.

L'inconnu était grand, maigre et rappelait don Quichotte. Il y avait en lui de la gravité majestueuse et du grotesque, à la fois les salons et le bidonville. Il était en même temps répugnant et attirant.

– Que me voulez-vous ?

– Je suis un agent bancaire. Nous ouvrons des lignes de crédit importantes.

– Je n'ai pas le moindre besoin d'emprunter...

– Notre proposition est très avantageuse – le quidam parla avec fougue ; il s'assit à côté de moi et me tendit un verre déjà plein. Buvons, la boisson clarifie les idées et rapproche les êtres.

Les verres tintèrent.

Je le regardai pour savoir s'il allait boire lui-même.

Il but, alors moi aussi je vidai mon verre.

Comme il levait le sien, un reflet pourpre frappa mon regard.

J'examinai le quidam de plus près. Une grosse pierre taillée écarlate était fichée dans sa cravate.

– N'imaginez pas que ce soit du verre, ce bijou vaut cinq cent mille dollars. Mais revenons à nos moutons. Vous aurez tout, et pas seulement de l'argent, mais tout, véritablement tout. Avec le remboursement après le décès.

– J'ai bien entendu, vous avez bien dit « remboursement après le décès » ?

– Oui, exactement !

– Et pourquoi m'échoit cette distinction, alors que je suis plus pauvre que le dernier des clochards ?

– Vous avez en vous quelque chose d'étrange. Nous avons besoin de gens comme vous, nous les aidons. Justement ceux-là.

– Et en échange ?

– Juste une signature au bas de ce document. Une signature et vous avez tout ce que vous pouvez seulement désirer.

Il étala devant moi une feuille de vélin.

– Là, à cet endroit. Donnez-moi votre doigt.

– Pourquoi avez-vous besoin de mon doigt ? Voici un stylo...

– Le document doit être signé de votre sang. Comprenez-moi, le paiement ne se fait qu'après la mort, il nous faut avoir le code de votre ADN. À titre de garantie.

– C'est donc un pacte diabolique ! Tu es un démon.

Je serrai les poings en murmurant ces mots.

– Du calme ! À quoi bon toutes ces superstitions ?

– Tu veux acheter mon âme...

– Une âme étrange. Des âmes ordinaires, nous en avons à revendre...

– Non, non, ton coup ne réussira pas. Tu me persécutes depuis mon enfance. Tes hommes ont des yeux de plomb ou bien des prunelles pourpres. La mort de la Rouquine, c'est ton œuvre. C'est toi qui as appuyé sur la gâchette !

Il répondit avec arrogance :

– Oui ! Et Noémi c'est aussi mon travail. Je suis le roi de ce monde. J'attendrai. Ne t'énerve pas, je suis une parcelle de ton âme.

Tu ne peux me chasser de toi. Tu ne le sais peut-être pas, mais j'ai le pouvoir de prendre des apparences diverses. Tiens, comme en ce moment : nous sommes là à bavarder comme deux vieux amis qui se sont rencontrés par accident.

– Tu es une parcelle de mon âme ?

– Mais oui !

– Et est-ce que le Bien existe, comme existe le Mal ?

– Je l'ignore. Le Bien, je ne l'ai jamais rencontré. Je peux beaucoup de choses, mais en ce monde seulement. Peut-être que le Bien n'est pas de ce monde et que c'est pourquoi je n'en sais rien. Mais là, il ne s'agit que de mes spéculations personnelles...

– Qu'importe, disparais, loin de mes yeux !

Je lançai le verre. Qui traversa l'inconnu et alla se fracasser contre l'armoire dans l'entrée. Le démon agita la main, se mua en un colibri et se mit à voleter autour de moi, de plus en plus bas, puis finit par frapper de son bec ma poitrine et y disparut. J'arrachai ma chemise, les boutons volèrent par la pièce, mais il n'y avait aucun signe sur ma peau.

Tout était clair : le Mal est une parcelle de l'âme. Mais malgré cela, je ne baisserai pas la garde devant les ténèbres. N'ai-je pas réussi à m'arracher aux rets bolcheviques ? Oui, j'ai accompli cela. Et ici encore je ne vais pas capituler.

L'icône me dit :

– Tu as choisi toi-même le Verbe, de ta propre volonté. Puisque tu as fait ce choix, tu dois payer, payer pour chaque erreur. Payer au double, au décuple même. Et avant de demander quoi que ce soit, examine d'abord tes propres pensées.

– Comme Tu es sévère !

– Je prépare à l'éternité. Tu possèdes mon image et ma ressemblance mais tisser la Beauté avec mes fils est une œuvre immense, presque un martyre. Souviens-toi, je n'aide pas, je ne fais que donner l'inspiration. Commence par le commencement, si tu en as le courage.

– Oui, j'ai ce courage, répondis-je avec hardiesse.

De plus en plus souvent, l'invisible se faisait visible.

La lettre

Mon cher Peter,

J'espère que tu te souviens encore de moi. Nous avons navigué ensemble sur le Golden Star. *Tu m'avais appelé "Masciuch", c'est en polonais le nom d'une race de pigeons voyageurs, n'est-ce pas ? Tu m'as défendu des racistes, qui sont partout et dans chaque peuple. Tu répétais sans cesse que l'homme a germé en Afrique et que nous venons tous de la même mère noire, Ève. À l'époque, cela avait pour moi beaucoup d'importance. Et à présent, c'est pareil. Tu aimais m'écouter chanter. Je t'apprenais à jouer du tambour. Tu m'as beaucoup raconté sur l'exil, sur le froid et la faim, comment on assassinait les femmes et les enfants en Sibérie et en Podolie (je prenais des notes, c'est pourquoi j'ai bien retenu les noms). Et tu m'as confié un jour devant un verre (c'était au Cap) que tu écrivais un livre.*

Moi aussi, depuis j'ai connu les camps.

J'ai réussi à fuir et à partir pour l'étranger.

À présent je vis au Kenya, à Mombassa, je travaille à la capitainerie du port.

Viens me voir, je t'invite, je te le demande instamment.

Ici, tout autour du Kenya, la guerre est permanente. Il y a de quoi écrire. Nous allons faire la brousse ensemble. Enrôle-toi sur un bateau pour l'Afrique de l'Est. Je t'aiderai en tout. Tu as ma parole. Et je te promets aussi que nous irons voir le Kilimandjaro. Tu as eu une fille de là-bas, que des gangsters ont assassinée. Peut-être pourras-tu rencontrer quelqu'un de sa famille, ou encore une deuxième Noémi. Et nous irons aussi à Jérusalem, prier devant le mur des Lamentations. Tu en rêvais, je m'en souviens encore. Et maintenant, je te raconte.

Le Camp.

Je me construisais une maison en briques. J'avais une amie et je voulais me marier avec elle.

Ici, depuis toujours régnait la pauvreté, mais en ce temps-là c'était devenu carrément la misère. C'est pourquoi sans doute il y a eu un coup d'État. Le Colonel a pris la place du Général. Mon frère – et nous sommes des jumeaux du même œuf – était capitaine dans son régiment. Mais je n'avais plus de contacts avec mon frère depuis longtemps. J'avais refusé d'entrer dans l'armée, alors que c'était bien payé.

Le règne du Colonel s'est installé. Mon frère est devenu gouverneur de la province où je vivais. Des scènes véritablement infernales ont commencé. Des gens disparaissaient, la nuit comme le jour on les déportait on ne sait où. Leur trace était perdue. Comme ils étaient perdus eux-mêmes.

Je comptais sur la solidarité familiale et je poursuivais ma construction. J'espérais que mon frère m'épargnerait, moi et mon amie. Mais non.

Quand tout le village est devenu un désert, on est venu m'arrêter moi aussi. On m'a jeté dans un fourgon de police et on m'a enchaîné à un banc. On a verrouillé la porte. J'étais entouré de ténèbres à couper au couteau.

On m'a mis dans une cellule où j'étais seul. La paroi vers le couloir était une grille, avec une porte sur des rails. Comme aux États-Unis.

Après plusieurs heures dans l'étouffoir du fourgon, j'étais complètement épuisé, l'âme me faisait mal. Mon corps se colla de lui-même au châlit.

On ne me laissa pas en paix. Le gardien entra sans bruit, cogna mes côtes de son bâton et montra un panneau qui interdisait de se coucher durant la journée.

Docile, je me dressai le long du mur. Alors, d'un geste professionnel et sans prévenir, il m'assena un coup de bâton sur le plexus solaire. La douleur me coupa le souffle, je me cassai en deux et glissai le long du mur.

Un grondement de sonnerie électrique me ranima. Je m'arrachai du plancher. Les cellules en face de la mienne étaient pleines. La veille, il n'y avait là personne. Un convoi était arrivé dans la nuit.

Le couloir en parpaings était large de trois mètres, avec des rigoles d'écoulement sur les côtés. C'était en fait une étable transformée en prison. Elle datait probablement encore des temps où mon pays était une colonie.

J'examinai la cellule. Un autre panneau avec des instructions : une sonnerie – réveil, deux – l'appel, trois – le repas.

Deux sonneries retentirent. La porte s'ouvrit automatiquement. Je sortis devant ma cellule.

Un lieutenant accompagné de deux gardiens défila le long du couloir. Arrivé à l'extrémité, il fit un demi-tour réglementaire et salua.

– Qui n'est pas avec nous n'est rien !

La sonnerie appela pour le repas. Je suivis les autres. Une roulante militaire était arrêtée à la porte. On nous distribua une assiette de gruau et une moque pleine d'un liquide brun. Il n'y avait pas de tables. Nous devions manger debout et dans la hâte. Peut-être parce que tous avaient aussi faim que moi, et peut-être parce que c'étaient les ordres.

La sonnerie gronda de nouveau.

Nous jetâmes les ustensiles dans un tonneau en fer et partîmes par un chemin de campagne, des gardiens armés de grands bâtons nous encadraient.

La place n'était pas clôturée. Dans le temps, ce devait être un pâturage, ou alors un terrain de golf. Beaucoup de pierres et de briques.

On nous sépara en deux groupes.

Un groupe construisait une pyramide, l'autre la démontait. Bâtir, démolir, monter, démonter, vers le haut, vers le bas – pure folie.

Au milieu de la place il y avait un tonneau d'eau sur un haut piètement. Toutes les trois heures, nous avions droit à l'eau. Je me suis approché, il y avait là déjà un petit groupe. Je leur demandai :

– Vous venez d'où ?

Mes premières paroles depuis qu'on m'avait arrêté.

Ils haussèrent les épaules et se mirent à glousser comme des dindons. J'étais étonné. J'ai tiré la langue et l'ai montrée du doigt. Ils ont compris. Ils ont ouvert la bouche – ils n'avaient plus de langue.

J'ai mimé une amputation – ils ont acquiescé de la tête.

On les avait privés de parole. Une façon de tuer l'humanité dans l'homme.

Les gardiens étaient nombreux, très nombreux. Le moindre manquement valait la mort à coups de bâton. Je n'ai pu comprendre en quoi consistait la culpabilité des victimes, ni pourquoi on ne m'avait pas coupé la langue. Je tentais de me tenir loin des gardes. Ce n'était pas facile. Sans cesse ils sillonnaient la place, par paires, et ils étaient nombreux. Si on contournait une paire, on pouvait aussitôt tomber sur une autre. Parfois se formait un triangle. Alors, ils étaient six bourreaux à s'acharner sur une victime dont il ne restait que des lambeaux. C'étaient des professionnels.

J'ai tout fait pour durer jusqu'au soir. Et j'ai survécu.

À l'appel du soir, j'ai dit que j'étais le frère du capitaine T. et j'ai donné mon nom. La nuit même, on m'a transporté chez le gouverneur.

Ce qui m'est arrivé ensuite, je te le raconterai quand tu viendras ici.

Je t'embrasse,

Masciuch

La capitainerie du port, Mombassa.
Écris-moi à cette adresse !

Je tendis la lettre à Hania :

– Je pars pour l'Afrique, je ne peux pas faire autrement.

Elle lut lentement, à deux reprises. Puis elle dit à travers ses larmes :

– Oui, c'est vrai. Tu ne peux pas faire autrement. Le chef-d'œuvre, Jérusalem, le mur des Lamentations... Pars, je vais t'attendre. Je n'ai aimé personne que toi et je n'aimerai personne d'autre et il en sera ainsi jusqu'à la mort. Pars, il le faut. Je vais t'attendre et toujours j'espérerai que tu reviendras. Le chef-d'œuvre est ce qui importe le plus, Beauté est ton commencement et le commencement du monde...

Table des matières

Achevé d'imprimer en août 2007 sur les presses de l'imprimerie Corlet
à Condé-sur-Noireau, France pour le compte des Éditions Autrement,
77, rue du Faubourg-Saint-Antoine, 75011 Paris. Tél. : 01 44 73 80 00.
Fax : 01 44 73 00 12. E-mail : contact@autrement.com.
N° d'imprimeur : 98948. ISSN : 1248-4873. ISBN : 978-2-7467-1013-9.
Dépôt légal : septembre 2007.